JN098972

髪結おれん

恋情びんだらい

千野隆司

角川文庫
23160

目次

第一話　鬼灯《ほおずき》の味

一

浅草寺《せんそうじ》の境内に、青鬼灯《あおほおずき》の鉢を売る店が並んでいた。

七月九日。どこまでも青い空の下に、人が集っている。その足音や話し声は、とぎれることがない。この日か翌日に参詣《さんけい》した者は、一日で四万六千日参詣しただけの功徳があると言われていた。先日までの照り付ける強い日差しはなくなって、行き過ぎる人の表情や声にもどこかしらゆとりがあった。

弥吉《やきち》と連れ立って、人込みを離れぬよう歩いて行くおれんの胸の内は、弾んでいる。前から半刻《はんとき》（約一時間）ばかり、二人きりで過ごす約束をしていた。この日がくるのを、どれほど待ったことだろう。

聞いてもらいたい話を、おれんは胸の内にたくさん抱えている。けれどもそれを、なかなか口から出せないでいた。

いつものことだが弥吉はそっけない。優しい言葉を掛けてくれるわけでもなかった。せっかく会ったのに、何か考え事をしているように見える。

それでもこうして一緒に歩いていると、気持ちが浮き立ってくる。知らず知らずのうちに、男物の着物の袖《そで》を握り締めていた。

青鬼灯が昼下がりの光で、輝いて見えた。

おれんの気持ちが弾んでいるのには、もう一つ大きなわけがあった。弥吉は日本《にほん》橋本石町《ばしほんごくちょう》二丁目の両替屋、井筒屋《いづつや》に十二歳の年から小僧として奉公していたのだが、この一月《ひとつき》ほど前に手代になった。

「七年の辛抱が、ようやく報われたんだ」

これまでは、いつも汗のにおいのしみた仕着せだった。それが前髪を剃《そ》り落して、木綿とはいえ垢《あか》ぬけした身なりで現れた時、おれんは涙が出そうになるくらい嬉《うれ》しかった。

おれんは十六歳になる。

神田小柳町《かんだこやなぎちょう》の裏店《うらだな》で、廻《まわ》り髪結をしている六歳年上の姉お松《まつ》と暮らしている。四年前、猪牙舟《ちょきぶね》の船頭をしていた父親が、風邪をこじらせてあっけなく死んだ。当時髪結の修業を終えて、一人前に食べられるようになっていたお松が、暮らしのめんどうを見てくれたのである。母親は早くから亡《な》い。

二人きりになった後、おれんはお松の手伝い仕事をしながら、共に客の家々を廻った。妹に髪結の仕事を覚えさせようとした姉の配慮だが、その客の中に井筒屋の仲働きの女中がいた。七日に一度、行って髪を結い直してやる。そのおりおれんは、小僧だった弥吉と知り合った。

二年前から、事情ができてお松は井筒屋へは足を踏み入れなくなったが、おれんは女中たちの髪を結わせてもらっていたので、今でも月に一、二度は通っていた。弥吉と会えば、たいてい二言三言の話をしたし、それができなければ目で合図をしあうような間になった。ぶっきらぼうな一面もあったが、こちらを見る目に時おり眩《まぶ》しげなものが走るのを見逃しはしなかった。

「縁起物だよ、買っていきな」

印半纏《しるしばんてん》を着た店の男が、青鬼灯の鉢を手にとって差し出していた。

青々とした葉の腋《わき》に、白いさかずき形の花が下向きに一つ咲いている。可憐《かれん》な花で、軽く手を触れさせてみてため息が出た。実を包み込んだ萼《がく》もまだ小さい青色で、葉に紛れてちょっと見にはよく分からない。

「欲しいのかい」

「うん」

おれんの甘えたい思いが、そのまま声になった。弥吉は懐から巾着《きんちゃく》を出すと、銭を払ってくれた。

「うれしい」

受け取った鉢をしっかりと抱えた。弥吉にものを買ってもらったのは、初めてだ。見詰め合うと、男の顔に赤味が差していた。照れているというよりも、男の気負い立つ思いが伝わってくるようだった。

ようやく下仕事から、店本来の仕事に携われる手代になった。その喜びがこの鉢に形を変えて、おれんの手のひらにある。


初めて弥吉とちゃんと言葉を交わしたのは、おれんが女中の髪を結ってしくじったときだ。まだお松が、井筒屋へ通ってきていた頃である。

稽古《けいこ》を兼ねてとはいえ、お足を頂戴《ちょうだい》して結うようになった。緊張して、櫛《くし》を持つ手につい力が入り過ぎてしまった。

「痛いっ」

と言われて櫛を外すと、いつもよりもたくさんの髪の毛がついていた。

女中は「だいじょうぶ、気にしなくていい」と笑ってくれたが、お松は承知しなかった。櫛についた髪の毛を見て言った。

「櫛扱いは、髪結の基本だ。これじゃあ、まだお足をいただける仕事になっていないね」

そしてしばらくは手間賃は受け取ってはいけないと、告げられた。見習いだから少額とはいえ、銭を得られることに喜びと自負があった。しかしまだその域に入っていないと、ぴしゃりとやられたのである。

後になってみれば、髪結仕事の厳しさをお松に教えられたわけだが、おれんはめげた。再び手間賃を得られるようになるまでに、四月《よつき》がかかった。

仕事が済んで、おれんは井戸端で片づけをしながらべそをかいていた。そこへ弥吉がやって来た。

「しくじりなんて、誰だってあるさ。女中がだいじょうぶと言ったのは、他の仕事では満足していたからだ」

「えっ」

驚いた。まさか弥吉に、そんなことを言われるとは思いもしなかった。「他の仕事では満足していた」という言葉に救われた。

ぶっきらぼうな人だから、それ以上何かを口にしたわけではなかった。ただ自分の仕事ぶりを見ていて、励ましてくれた気がした。

会っても挨拶《あいさつ》をするだけだった弥吉が、そのときおれんの心に入ってきた。

人の流れに沿って、雷門《かみなりもん》の方向へ歩き始めた。おれんは、持っている鬼灯の鉢に胸の中で話し掛けた。

「あたしだって、近頃は一人でお客さんの髪を結えるようになったんだから。初めて口をきくようになった頃とは違う。出来上がった『つぶし島田《しまだ》』を、見てもらいたい。上手になったねって、松姉ちゃんからも褒《ほ》められるようになったんだから」

弥吉も自分も、この江戸《えど》で銭を稼ぐことができるようになった。それが胸の奥にあって、弾んでくる気持ちのもとになっていた。

おれんが今弥吉に伝えたい話の一番は、それだ。なのに弥吉は、時おり何かを思い詰めるような顔になる。しかしそれ以外では、店の話ばかりしていた。

「今は振場役といって、取引先から預けられる小口の金や手形を扱わせてもらうだけが仕事さ。だがじきに、すべての金の出納《すいとう》ができる天秤《てんびん》役や相場会所に通えるようなお役をもらってみせるさ」

「弥吉さんならきっとできるよ」

「そうさ、なんだってやる。誰よりも働いて、じきに大番頭と呼ばれるまでになってやるんだ」

言い終えると、弥吉は急に立ち止まった。通行人が迷惑そうな顔をしたが、気にする様子はなかった。

「そうしたらさ、私と所帯を持たないか」

弥吉は早口にいった。顔に緊張があった。

「えっ」

いきなりのことで、心の臓が音を立てた。体中を流れる血が、一気に騒ぎ立った気がした。おれんも胸の中で、何度もそうなったらいいと願ったことである。だから驚いた後に湧き上がったのは、喜びだった。体がぞくっと震えたほどだ。

それでも……、すぐには返事ができなかった。

事が重大すぎて、どう応《こた》えたらよいのか見当もつかないからだ。ふた呼吸ほどの間、見つめ合った。ようやく気持ちが落ち着いて返事をしようとしたとき、弥吉が恥ずかしそうに目をそらした。

　再び歩き始めた。そして前よりもいくぶん早口になって話し始めた。だがそれは、先ほどの話とは関わりのないものだった。

「この半年ほど、贋《にせ》の小粒が出回り出しているんだ。こんなものを井筒屋から外に出したらたいへんなことになる。だから私も、本物と贋物の見分けを習っているんだ」

　おれんはようやく喉元《のどもと》まで出かかった承諾の言葉を呑《の》み込んで、話を聞いた。返事をし損なったのは残念だったが、男の気持ちが分かったのは、やはり嬉しかった。

　このことについて話をする機会は、これからもあるだろう。自分はまだ十六なのだ。慌てる必要はないと、おれんは思った。

「贋物かどうかなんて、どうやって」

「やつらは南京玉《なんきんだま》をぶっかいて地金を作るんだが、外側から見ただけじゃとうてい分からない」

「うん」

　店での話をしている時、弥吉の顔は生き生きとしてくる。ほんの一月《ひとつき》ほどしかたたないのに、小僧だった頃とはまるで違っていた。男というものは、何か機会があるとそれを土台にして伸びてゆくものなのだろうか。

ただ弥吉は、すぐむきになって、やりすぎてしまうことがないとはいえなかった。それが、案じられた。そしてそんなことを考えている自分が、まるで女房のようではないかと考えて、おれんは自分の顔が赤くなったのが分かった。

時の鐘が鳴った。八つ（二時頃）を知らせている。

「それじゃあ、そろそろ戻らないと」

弥吉の顔に微《かす》かに焦りの色が出ていた。店の用で出かけた途中、待ち合わせていたのである。遅れて帰ればまずいことになるだろう。

「うん、またね。あんまり無理をしないで」

弥吉は、人込みを分けるようにして足早に歩いて行った。後ろ姿を見送ったが、すぐに唐辛子屋の赤い幟《のぼり》の陰に隠れて見えなくなってしまった。

今いる辺りには、鬼灯ではなく汁粉に古傘、小間物から楊枝《ようじ》、田楽豆腐屋と雑多な店が並んでいる。風雷神門《ふうらいじんもん》の大きな屋根が、すぐ先に見えるようになっている。ぼやっとしていると、擦れ違う人と肩がぶつかった。

「楽しいことは、何とあっけない」

呟《つぶや》いてから歩き始めた。「所帯を持たないか」という弥吉の言葉が、頭の中を駆け巡っている。心の臓が、また大きく脈打ち始めた。

弥吉の姿が見えなくなった唐辛子屋の横へ、振り返ってもう一度目をやった。すると見慣れた顔が行き過ぎるのに気が付いた。

「あっ、松姉ちゃん」

大きな声を出して呼び掛けようとして、おれんははっと息を呑んだ。お松に男の連れがいる。

四万六千日の縁日に、連れ立ってやって来るような相手がいようとは、考えてもみなかった。見間違いかと目を凝らしたが、間違いない。

姉妹とも、鼻がつんと前に出すぎているのが難点だが、なかなかに美形だと褒められる。でも松姉ちゃんの方が、自分よりもずっときれい。今日は特に眩しいくらいだった。

連れはどんな人だろうと顔を見直すと、覚えがあった。半月ほど前に、初めて小柳町の二人の家に姿を現わした蔦次《つたじ》という錺《かざり》職人である。眉《まゆ》の太い精悍《せいかん》な顔付きの男だが、優しい口のきき方をした。お松より一つ年上の二十三歳だと聞いた。

お松は、男の話に恥じらいのこもった笑顔で応えている。おれんには見せたことのない顔だ。

かけようとした声が、そのまま喉の奥で絡まってしまった。

二

右手に『びんだらい』と呼ばれる髪結の道具を入れた箱をぶら下げ、左手に青鬼灯の鉢を抱えておれんは家に帰った。日は西に沈みかけていて、火の見櫓《やぐら》が朱に染まって見えた。

家に人気《ひとけ》はなく、お松はまだ帰っていなかった。午前中は二人で仕事をしたのだが、昼食を済ませてからは別になった。

おれんはまず、今日使った道具の手入れをする。使った道具の手入れは何よりも大事だと、お松から何度も言われて身についた。びんだらいの引き出しに手をかけた。

びんだらいは、もともとは男の廻り髪結が持つものだった。女の髪結は、道具を風呂敷に包んだ。けれどもお松は、こちらの方が便利だと言ってあえて使った。おれんもそれに倣《なら》った。少々重いが、手に取ると気持ちがしゃっきりとした。

お松と住んでいるしもた家は、父親の代からの借家で、六畳が二間きりの小さなものである。　女二人が住まうきりの家だから、いつもこざっぱりした様子になっていた。

「一緒に暮らそうよ、あんたも髪結になればいい」

父親が死んで茫然《ぼうぜん》としているおれんに、お松は言った。それまで住み込みで髪結の師匠のもとで働いていたが、これを機に独り立ちするべく家に戻ってきたのだった。

藍格子《あいこうし》縞《じま》の着物に襷《たすき》がけ、前垂れ姿でびんだらいを持ったお松は、おれんの目に鮮やかに映った。鬢付《びんつけ》の伽羅油《きゃらあぶら》の香が、いつもどこかから匂ってくる。もともと齢《とし》の離れた姉だったが、はるかに大人に見えた。

そして、ほっとした。

父親の稼ぎは悪くなかったので、これまではただ家事のまねごとをしていれば暮らしに困ることはなかったが、十二歳で一人で生きて行くあてはなかった。親戚《しんせき》もあるにはあったが、たった一人の姉と一緒に暮らせるのならば、それにこしたことはない。

おれんは様々な櫛の扱いから剃刀《かみそり》の当て方に至るまでを、必死になって覚えた。もともと手先は器用な方だったが、負けず嫌いが幸いした。

四年の月日は、船頭の娘を髪結にした。

おれんは道具の手入れを済ませると、庭に置いたままの鬼灯の鉢に水をやることにした。庭といっても、それこそ猫の額ほどの広さだが、棚を作りいくつかの鉢植を置いていた。

中に、昨年お松がもらった鬼灯の鉢が一つある。丹精して育てたので、今年も瑞々《みずみず》しい青葉をつけた。おれんはその横に、弥吉に買ってもらった鉢を並べて置いていた。すべての鉢に水をやってから、ため息を一つ漏らした。

今日はおれんの心に残る大きな出来事があった。弥吉から所帯を持とうと言われたことである。買ってもらった鉢植えを抱えて家に帰ってくるまで、そのことばかり考えていた。

しかしこうしてお松の鬼灯の鉢を見ていると、その浮ついた気持ちが、少し抑えられるのを感じた。その鉢には、お松にとって消そうとしても消せない悲しい思い出があることを、おれんは知っているからだ。

浅草寺の境内で、お松を見かけた時の様子が思い出されてくる。蔦次と一緒だった。

「お松さん、あんたの結った島田を見せてもらった。鬢のふくらみといい、髱《たぼ》のまとめ具合といいなかなかなものだ。てめえで打った簪《かんざし》を、その髪に挿したらさぞ栄えるだろうと思うと、たまらない気持ちになった。ついでにあんたの顔も見てみたくなってさ」

初めて蔦次が家にやって来た時、そう言った。女だけの所帯にいきなりやって来たから、少し驚いた。

話題が豊富で、笑い声は快活だった。お松にとっても得意客の、物持ちの女房がこの小柳町の住居を教えてくれたと話したので、不審にも思わず関わりを持つようになった。

自分で細工をしたという簪を、四本ばかり見せてもらった。どちらも銀製の平打ちで、鳥と蝶《ちょう》の図柄の見事なものだった。ていねいな仕事をする錺《かざり》職人なのは確かなようで、おまけに人をそらさない話しぶりに親しみを感じた。

半月前に初めて家にやって来て、それからおれんは一度しか蔦次の顔を見ていなかったが、お松は会っていたのである。

もちろん、お松に好いた男ができたのは、喜ばしいことだ。蔦次が、悪い男だともおれんは思っていない。

「でも松姉ちゃん、ほんとにそれでいいの……」

二つの鬼灯の鉢を見ながら、おれんは声に出して言ってみた。昨年からある鉢は、吾平《ごへい》という男がお松にくれたものだった。

おれんは、お松が所帯を持つならば、相手は吾平だと二年前までは信じていた。気の弱い一面はあったが、お松をいつくしんでいてくれたのは確かで、仕事にも真面目な男であった。当時は井筒屋の手代で、小僧の弥吉を可愛がってくれた。姉より三つ年が上だった。

お松が井筒屋へ仕事に行かなくなったのは、吾平が原因である。

二人が知り合ったきっかけは、おれんと弥吉の間と似たようなものだと聞いていた。違うのは互いに心を打ち明け合い、祝言を挙げることをはっきりと約束していたことだ。

ところが吾平は、よその両替屋の店に婿入りすることになった。井筒屋主人の命令だったのである。吾平は主人の縁戚に当たり、然《しか》るべき縁があれば婿に出そうと考えていたらしい。

吾平は、この話を三度まで断わっていた。お松がいたからだが、結局は芝《しば》にある両替屋の娘の婿になった。

「私、あの人とは所帯を持つの止めた。いくじがない人なんだから」

おれんにはそう言ったが、お松が身を引いたのは確かだ。吾平の将来を考えてのことだったのだろう。井筒屋の主人は頑固で、臍《へそ》を曲げると後が厳しい。縁戚とはいっても遠い縁で、実家は金を借りていて井筒屋に頭が上がらない。それに入り婿とはいえ、それなりの両替屋の主人になれるのである。

お松が夜、寝床の中で声を忍ばせて泣いているのを、おれんは背中で聞いた。

そして一年がたった。

姉の悲しみは、表向きは癒《いや》されたかに見えた。笑顔も見せるようになっていた。ところが……。思いがけないことがあった。

吾平が、鬼灯の鉢を持って小柳町の家に現れたのである。何も言わず、ただ鉢をお松に持たせたのだ。

翌日おれんは、吾平が品川《しながわ》の小料理屋の酌婦と心中をしたという話を、弥吉から聞かされた。新堀川《しんほりかわ》からひそかに舟を出し、江戸の海に身を投げたのだという。

弥吉の話では、吾平は婿入り先の店で金のしくじりを出したということだった。低い額ではなかったらしい。おまけに夫婦仲も悪かったようで、救いになるものは何もなかった。

共に身を投げた酌婦とは二月《ふたつき》ほどの付き合いで、吾平はしくじりを起こしてからは毎夜のように店に出かけていたとか。親や亭主のいない年増《としま》の女だった。

その話を聞いて、おれんはやっぱり吾平はいくじのない男だったと思った。

一人では死ぬこともできない。こうなってしまえば、相手は誰でも良かったのではないか。

「でもやっぱり、吾平さんは、死ぬ前にどうしても松姉ちゃんに会いたかったんだね」

おれんが言うと、お松の顔がみるみる歪《ゆが》んでいった。

同じことを、考えていたようだ。

鬼灯の鉢を、それからお松は大事にして、手入れを怠ることは一日もなかった。

「あれから、まだ一年しかたっていないじゃないか」

おれんは呟く。しかし、言い終ってみると気持ちが少し変わっていた。いいじゃないかという思いが、胸をよぎったのだ。

お松には、どうすることもできなかった。吾平が選んだ、道である。

いつまでもそれに縛られる必要はなかった。

蔦次に笑いかけていた、お松の顔が思い出された。

お松は二十二歳になる。妹としても、いつかは所帯を持って欲しいという願いは強い。蔦次が良い人ならそれでいいではないか。

何時《いつ》の間にか日が落ちていた。遠くから足音がしてきて、それはお松のものだった。おれんは、鉢植の前から立ち上がる。

隣の家から、魚を焼くにおいが流れてきた。

三

神田多町《たちよう》一丁目の青物問屋丸茂屋《まるもや》におれんとお松は出かけた。ここの主人夫婦が縁者の祝言に呼ばれ、髪を結い直すことになったのである。

多町には、野菜や水菓子を商う問屋が多い。丸茂屋はその中では決して大きい方ではなかったが、それでも表通りに面していて客の出入りは多かった。芽《め》うどの新しいものが、笊《ざる》に山盛りになって並んでいた。

お松が、店のおかみの髪を結い、おれんは七つになる娘の髪を結った。世間話をしながらも、お松は手際よく髪を梳《くしけず》り、たばねてゆく。手の動きに迷いはない。おれんは一人前になったつもりでいても、その横で娘の髪を結うのは緊張した。

姉妹で紺地の鮫小紋《さめこもん》の端切れで作った、おそろいの襷を掛けている。おれんはきつめに締め直して、櫛を握った。

今はもう、櫛に力が入り過ぎることはない。抜け毛もある程度は仕方がないが、よほどの癖毛であっても、声を上げさせるようなことは一度もなくなった。客が老いたり病んだりしているときは、それを踏まえて櫛を扱う。

「おれんちゃん、ずいぶん腕が上がったねえ」

ひと息ついたところで、ずっと見ていたらしいおかみさんが褒めてくれた。飛び上がって喜びたいところだが、ちらと見たお松は聞こえぬふりをして手を動かしていた。それで、頭を下げただけで仕事を続けた。

自分の腕が上がったのは、もちろんお松の指導も大きいが、それだけではない。折につけ弥吉が、慰めてくれたり励ましてくれたりしたからだ。言葉少なではあっても、一つ一つが胸に沁《し》みた。

昨日お松は、家に帰ってから浅草寺へ行ったことはもちろん、蔦次のことについて一言も触れなかった。

おれんはそれが、ゆうべから気にいらないでいた。だからつい絡むような口をお松にきいて、朝から小さな諍《いさか》いを起こした。

「おかみさん、おじゃまします」

部屋に男髪結の貞七《さだしち》が、挨拶にやって来た。この近所では親方と呼ばれている四十年配の男である。お松やおれんとも顔見知りだ。

「あんたら、なかなか評判いいようじゃないか」

と笑顔を見せた。

つい二年ほど前までは、相手にもされていなかったが、近頃では姉妹髪結もこの辺りでは知られるようになってきていた。

主人の髪を、結いに来たのである。初顔の弟子らしい男を連れていた。年は二十歳前後。堅太りだが、体の奥にすばしっこさを感じさせる体つきで、ぎょろりとした目が大きかった。

どこかふてぶてしさも感じる。

「兄弟筋から預かった、郷太《ごうた》という見習いです。しかし腕は悪くありませんよ。おかみさんもよろしく」

貞七が若者に頭を下げさせた。郷太は、おれんに瞬間目を据え、それから部屋を出ていった。店の奉公人の頭を結うらしかった。

おれんは、郷太が自分を見た目つきと同じ目つきを、他所《よそ》でされたことがあると考えていた。そして思い当たった。町で与太者が、通り過ぎる女を値踏みする時の目だった。

気味が悪い、そう思って庭に目をやる。棗《なつめ》の木に、夏の残りの日差しがさしていて眩しかった。

丸茂屋で昼をごちそうになり、もう一軒廻らなくてはならないお松と別れると、おれんは家に帰ることにした。

「おれんさんって、言ったよなあ」

しばらく歩いて、いきなり声をかけられた。先ほどの、郷太という男である。例のぎょろりとした目付きで、体の上から下までじろじろと見られた。

「あんた、いい女だね。一目惚《ひとめぼ》れしちまったよ」

「……………」

あまりに唐突で、腹が立つ前に呆《あき》れた。もっと上手なからかい方があるだろう。おれんはそのまま、何事もなかったように歩いた。後ろから何か言っているのが聞こえたが、気にも留めなかった。

家に帰り着くと、まずびんだらいを部屋に置き、庭の鉢を並べた棚の前に立つ。とんぼが、おれんの顔の横を舞って消えた。目が自然と二つの鬼灯の鉢のところへ行った。お松は、新しい鬼灯の鉢について、何も聞かなかった。気付かなかったのか、浅草寺のことがあって具合が悪いから言わなかったのか、それは分からない。しゃがんで鬼灯の花に、ため息を吹きかける。しばらくぼおっとしていると、背後に人の気配を感じた。

振り返ってみると、弥吉が立っていた。

「あっ」

おれんは悲鳴を上げそうになった。

弥吉の顔は誰かに殴られたのか、目の縁と唇が青黒く腫《は》れて、血が滲《にじ》んでいた。それが吹き出す汗に混じって、ぐしゃぐしゃになっていた。昨日、あれほどぱりっとして見えた着物も肘《ひじ》と膝《ひざ》、そして肩の辺りに泥がついて皺《しわ》くしゃになっている。

「どうしたのさ」

そう言ったきり、声が出なくなった。とりあえず、手拭《てぬぐ》いで顔を拭《ふ》いてやる。だが弥吉はおれんの手をうるさそうに外した。

「すまない、だいじょうぶだ。それより一両二分、都合がつかないかな」

泣き声に近かった。縋《すが》りつくような眼差《まなざ》しで、おれんを見ていた。弥吉のそういう姿を目にするのは初めてだった。

何とかしなければ、おれんはそう思うと体が震えた。すぐに、お松が暮らしに余分な銭を、皮の巾着に入れ簞笥《たんす》の引き出しの奥にしまっているのを思い出した。すでに総額で五両近くの銭や小粒がたまっているはずである。

「だいじょうぶ、お金はあるから」

弥吉の着物の泥をはたき、無理やり家に上げた。銭を見せると、弥吉の興奮は収まった。顔を水で洗わせた。髪を手早く整えてやる。

「今朝、本所《ほんじょ》の得意客のところへ金を届けに出かけたんだ。東両国《ひがしりょうごく》の広場で、やくざ者に絡まれた。ほんのちょっと、目が合っただけだというのに。大川《おおかわ》の土手に引っ張られた」

「…………」

「それも一人や二人じゃない、四人もいやがった。殴られて、気が付いたら金がなかった」

痛むのか、しきりに右の腿《もも》をさすった。おれんが顔に軟膏《なんこう》を塗ってやると、しみるらしく顔をしかめた。

「両替屋の手代が金を盗《と》られて、顔を出すところなんてありゃしない。命懸けでも、あいつらから取り返すまでと探したが、どこにもいやがらないんだ。ちくしょう、訴えて大騒ぎするわけにもいかないし。それで……、おれんさんのところへ来てしまった」

「もう、だいじょうぶだから」

金を巾着に入れて、持たせる。手を握ると、弥吉も握り返してきた。

「命に懸けても、金は必ず返す。迷惑をかけてしまった。これから、すぐにこの金を客のところへ届けてくる。遅くなって、店でもきっと不審に思っているだろう」

金子《きんす》を扱う店ならば当然だ。鐚一文《びたいちもん》だって、算盤《そろばん》が合うまで仕事は終らないと言っていた。

一両二分は、両替商として生きようとする若い手代の一生を左右する。

弥吉は慌てて家を出て行った。今しがたこちらに向けた目は、必死に助けを求める幼子の目だった。追い詰められた弥吉は、どこでもないここへやって来たのだとおれんは思った。

見送って姿が見えなくなると、ぺったりと尻《しり》を畳に押し付けて座り込んだ。

「金さえ戻れば、井筒屋でのこれまでの苦労が水の泡になることはないだろう」

そう思うと力が抜けた。

けれども、弥吉のために自分が役に立てたことには、満足があった。弥吉は、自分の亭主になる男なのだと、おれんは改めて思った。箪笥の金については、お松に話さなくてはならない。叱られるだろうが、仕方がなかった。

弥吉と二人で、力を合わせて返せばいい。

いずれにしても、白昼四人がかりで両替屋の手代を襲い、金を奪うなどというのは酷《ひど》い話である。だが、おれんにはありえないことが起こったとは感じなかった。無法者は、東両国にばかりいるのではないからだ。

おれんは、ふっと二十日ばかり前の夜のことを思い出した。

あの日はお松と二人で、神田川を渡った先の客の家に出かけた。仕事を終え世間話をしていると外はすっかり暗くなっている。提灯《ちょうちん》を借り家路についたのだが、人気のない神田明神の横道で、男の言い争う声と肉を打つ音を聞いた。

三人の得体の知れない男たちが、蹲《うずくま》った男を足蹴《あしげ》にしていた。慌てて逃げてきたが、あの時の恐ろしさは、いまだに体から消えてはいない。

弥吉も、同じような目にあったのだと思うと、改めて背筋が震えた。

四

夕刻、おれんは井筒屋へ様子を見に行った。顔見知りの仲働きの女中をつかまえて、そっと話を聞いた。

弥吉は、やくざ者から暴行を受けたが金は取られずに済んだと話したらしかった。因縁をつけられるのは、気持ちが浮ついているからだとそうとう叱られたが、金をなくさなかったことで、それで済んだらしかった。

胸をなでおろした。

夜、食事を済ませた後、おれんはお松に箪笥から抜き出した一両二分の金について話をした。四万六千日の縁日で、「所帯を持たないか」と言われたことだけは触れなかった。自分は返事をしていなかったからだ。

お松は、おれんが話している間中黙って聞いていた。そして話し終ると言った。

「おれんちゃん、あんた弥吉さんの女房になりたいと、思っているのかい」

いきなり図星をさされて、おれんははっとした。けれども、嘘をつくことはできない。俯《うつむ》いたまま、うなずく。

「そう、だったらしかたがない。もし吾平さんが、店の金を取られて私のところへ来たら、私だっておれんちゃんと同じことをしたと思う。でも……」

「でも」

「大事なお金なんだから、よほどのことじゃないともうだめ」

　お松が、じっと自分の顔を見てから笑った。

　行灯《あんどん》の灯芯《とうしん》が、ジッと音を立ててわずかに揺れた。確かに巾着にあった金子は、お松が何年もかけて人の髪を結って貯めてきたものだ。おれんは傍にいて、その姿をずっと見てきた。

「ごめんなさい」

　自然と言葉が出てきた。

「両替屋の手代がお金を盗られるのは、お店としてはみっともない、信用に関わるというのは分かるけど。でもねえ、一両二分も盗られて泣き寝入りするのは、おかしな話だと思うけど」

　お松は言った。それはおれんも考えたが、定町廻《じょうまちまわ》り同心や町の岡っ引きに訴えれば、必ず井筒屋の主人や番頭の耳に入る。弥吉は何よりもそれを恐れていた。どうしたらいいのか分からない。

「一度味を占めたやくざ者は、また狙うかもしれないし」

とんでもないことをお松は口にした。

「まさか、そこまでは」

考え過ぎだ。とはいえ、注意をしなくてはならないだろう。

ともあれお松は、吾平をたとえにして、おれんのしたことを許してくれた。それは好いた男がいる女の気持ちが分かると、伝えてきたのだと感じた。初めて姉ではなく、女としての思いで、おれんのしたことに応じてくれたのだった。

ありがたかった。

ひそかに、おれんは蔦次のことを自分に知らせないお松を恨んでいたが、その気持ちがすっと消えていった。好いた人について、誰にも話したくないことはある。知らせないからといって、それで腹を立てるのはおかしいのではないか。

妹としてではなく女として、おれんはお松のことを考えた。


その蔦次に、おれんは翌日ばったり出会った。

午前中は、お松と共に馴染《なじ》みの小間物屋の女房の髪を結い、昼を過ぎて別々になった。古くからの客で、二人で来いと告げられた場合を除けば、どうしても手伝いがいる髪を結うとき以外は、別々になることが多くなっていた。

おれんは、七つ（四時頃）すぎ、仕事を終えて筋違《すじかい》御門前の八《や》ッ小路の人だかりを足早に歩いていた。帰る前に、どうしているか弥吉の顔を見て行こうと考えていたのである。だが、家のある小柳町の方向から蔦次が歩いてくるのを見かけた。

いくぶん肩を揺するような歩き方をしていた。お店者は絶対にそういう歩き方をしないが、どちらかといえば気の荒い職人は様子が違う。

「おや、おれんちゃんじゃないか」

気がついて近付いてきた蔦次は、声をかけてきた。会う時は、いつも笑顔で話しかけてくる。残暑のきつい一日で、まだ強い日差しが照り付けていた。

「ところてんでも食べようか」

蔦次が誘ってくれた。近くの木陰に縁台を置いた、ところてんの屋台店が出ている。お松との話を聞き出したくて、ついて行った。

「お松さんの腕はもちろんだが、おれんちゃんの腕も近頃なかなかのものだって聞いたよ」

音を立ててところてんを啜《すす》りながら、蔦次は言った。自分でもそう感じる部分があったので、気持ちがくすぐられた。

「今、お松さんはいなかった。仕事かい」

「はい、竪大工町《たてだいくちょう》に行っています。松姉ちゃんは、髪結としても立派な人です。それに、気働きがきいて優しい人です」

つい褒める言い方になったが、本音だった。

「うん、そうだな。好きだよ、あんたの姉さんを」

最後の汁まで啜って、呟いた。それを聞いて、胸の奥がじんと熱くなった。蔦次は、気持ちをはっきりと言葉で表わすことのできる男のようだ。たとえ短い間でも、正直な生の思いをぶつけられれば、お松でなくとも女は心を動かす。

「おれんさんの家は、女所帯だから心細いだろう。そんな思いをしたことは、ないかい」

「うん」

確かにそう感じたことは、いく度かあった。

「近頃、怖い思いをしたことがあるんじゃないかい」

「そういえば……」

先日の夜、神田明神で暴行を加えていた得体の知れない男たちのことを、おれんは話した。あの夜は、女二人震えながら寝床についたのである。お松は鬼のような形相の男三人の顔を見ていた。おれんも一人は目にしたし、他にも顔はおぼろげだが、白壁に横からの姿が映っているのが、はっきりと見えた。

蔦次は一つ一つ頷《うなず》きながら、真剣な面持ちで聞いていた。

だがその時、おれんはところてん屋に並んだ天ぷら屋の屋台の陰から、こちらを窺《うかが》っている男に気がついた。どこかで見た顔だと思っていると、昨日多町の丸茂屋で見た郷太という髪結だった。

人が話をしているのを覗《のぞ》くなんて、嫌なやつだと腹が立った。せっかく蔦次と、ゆっくり話をできる機会が巡ってきたというおりもおりである。

「あんた、何をこそこそしているんだい」

おれんは気がつくと、郷太にきつい声を投げかけていた。子供の頃は、いたずらを仕掛けてくる近所の悪童に、荒っぽい言い方をした。しかしこの数年はそんな言い方をしたことはなかったので、口にしてから驚いた。

「ちえっ、見つかっちまった」

舌打ちしながら、こちらにやって来る。ふてぶてしい笑みが浮かんでいた。

「おれんさんは、いい女だから、男と楽しそうに話しているのを見ると悋気《りんき》が起こってねえ」

「ふん」

と、思った。何が起ころうと、蔦次が傍にいる。

「おれんちゃん、行こうじゃないか」

蔦次は郷太にはかまわず、銭を払って立ち上がった。その立ち居が落ち着いていて、おれんは安心した。こういう人が、兄さんになってくれれば、頼もしいではないか。

郷太の目を背中に感じながら、蔦次と二人で歩いた。

五

ふぃりりり、ふぃりりりりと、透き通った声で鳴く虫の声をおれんは聞いた。縁側に出て植木に目をやると、黄褐色の小さな虫が五、六匹いた。草雲雀《くさひばり》だった。朝の涼しい風が、おれんの寝足りない顔に快くあたった。

昨夜もその前の夜も、なかなか寝つけなかった。弥吉のことばかり考えていた。

自分が弥吉を好いているのは、前からである。お松が吾平と所帯を持つ持たないで悶着《もんちゃく》のあった頃より前からだから、かなりの期間だ。いつも真面目に働いていた。

それは見ている人がいてもいなくても変わらない。見るたびに、照れくささそうな面持ちをしていた。

けれどもこの一晩は、これまでにない思いで弥吉のことを考えた。

一昨日《おととい》、金を盗まれた弥吉が、困り果てたあげくおれんを頼ってここへやって来た。弥吉の生国は相模《さがみ》で、江戸には他に行くところがない。しかしそれだけの理由で、ここへやって来たのでないのは分かっていた。

将来所帯を持つ相手だと思うからこそ、訪ねて来たのだ。そしておれんは、事件を自分のこととして受け取り、金を用立てた。

握り合った手の、あの力の強さを忘れられない。

しかし昨日は、一度も姿を見ることができなかった。さらに蔦次と出会ってお松とのことをせっかく聞けると期待したのに、見たくもない郷太が姿を現し、嫌な思いをさせられた。蔦次に家まで送ってもらって、それからは外に出なかった。井筒屋へ、足を向けることができなかったのである。

だが今日は、午前中は井筒屋の女中三人の髪を結う日だった。弥吉に会える。朝の空気をうんと吸い込むと、胸の奥がじんと痛かった。

井筒屋は、いつもと変わらぬ様子だった。弥吉が辛《つら》い思いで時を過ごしたことなど、まるで関わりがないようだ。

髪を結いながら、世間話をした。何を喋《しゃべ》っても、手は休めない。仕上げに剃刀で生え際を剃った。

すべてが済んで、店の横手の路地に出た。髪を結った後は、いつもここで弥吉と話をした。人の目があるから長話はできない。二言三言だが、それでもよかった。

待っている時間が、ひどく長く感じた。

弥吉が顔を見せた。唇の傷はだいぶ良くなっていたが、目の縁にできた青黒い痣《あざ》は、まだほとんど消えていなかった。浮腫《むく》んでいる。

「まだ痛そうね」

おれんは弥吉の目の縁に、指先を当てた。誰にも見られる恐れのない場所だったら、抱き締めて舌で嘗《な》めてやりたいくらいだ。

けれどもすぐに、そんなことを考えた自分にどきりとした。こんなときに、とんでもない話だと心の臓が騒いだ。

「だいじょうぶだ。それより、昨日から裏の仕事ばかりだ。この顔じゃ、店には出られないしな」

「でも許してくれたのなら」

「うん確かにそうだが、仲間の手代の中には、どじなやつという目で見るのがいる」

「どうして。しかたがないじゃないか」

「絡まれたのは、こちらに隙があるからだそうだ」

悔しさを抑える声が、小さく震えた。先輩の手代に言われたようだ。そして自らでも、己を不甲斐《ふがい》ないと責めているらしかった。

「それにしくじりを、面白がっているやつもいる」

手代同士は仲間のはずだが、競争相手だと考えれば敵にもなるだろう。

「旦那《だんな》様や番頭さんだって、腹の中じゃ手代にしたことを後悔しているんじゃないか」

どこか拗《す》ねた言い方だ。弥吉は店の中で、追い詰められているのかもしれない。

「そんな、これからしっかりやれば平気だよ」

「それはそうだが。それにしてもあいつら。今度会ったら、ただじゃおかねえ」

思い出して怒りがぶり返したようだ。針の筵《むしろ》に座らされているような毎日なら、金を奪った者たちへの怒りはさぞかし大きいに違いない。

「それにあの金は、お松さんが何年もの間髪を結って稼いだ金だから、何としても取り返さなくちゃいけない」

そのことも胸を覆っていると分かった。新米の手代が働いて、すぐに返せる額ではない。気持ちが高ぶると、弥吉は顔が青味を帯びてくる。

だがもう、悶着は御免だった。こういう悶着が二度三度と重なれば、何よりも信用を大事にする両替屋の店にはいられなくなってしまう。

「そんな、無理しちゃだめだよ」

「ああ、じゃあ行くよ。怠けているなんて言われちゃ、かなわないからな」

小走りに戻っていった。周りの者の目を気にしている。

金の事は心配ない、お松に話して分かってもらったからと、おれんは伝えるつもりだったが出来なかった。

せっかく顔を見られたのに、あっけなかった。

手にしたたびんだらいが、重たく感じた。

八つ半（三時頃）にお松と待ち合わせ、おれんは佐久間町《さくまちょう》二丁目の材木商の家に出かけた。年ごろの娘が三人いて、騒ぎながら髪を結った。一番上の娘の嫁入りが決まり、みな上気した顔をしていた。

主人夫婦も上機嫌で、祝い事のお裾《すそ》分けだと、贅沢《ぜいたく》な夜食を出してくれた。これも、五人で賑《にぎ》やかに食べた。

お松がまだ一人でいることを問われて、おれんはよほど蔦次のことを話そうかと考えたが、やめにした。お松はただ笑って娘たちの話を聞くばかりである。

夜遅くなるのはやめようと話していたが、気付いた時は五つ（八時頃）を過ぎていた。

提灯を灯《とも》し足早に歩いた。

鈴虫や松虫、邯鄲《かんたん》の音《ね》が聞こえて、時おり犬の遠吠《とおぼ》えがあった。この辺りは、藩邸、旗本屋敷が入り組んで、その間には材木商や薪炭商がぽつりぽつりとあるきりの町である。人通りはほとんどない。材木のにおいが、夜気に混じっていた。

「急ごう」

「うん」

声をかけあった。その時、急に背後から人の足音がしてくるのに気付いた。二人の歩調と、一定の間隔を保って聞こえてくる。

お松と顔を見合わせた。振り向いて見ると、足音だけ聞こえて提灯の明かりは見えない。足を速めると、背中の音もついてくる。気味が悪かった。

それが少しずつ近くなっていた。

手にしたびんだらいの中身が、かたかたと音を立てた。叫び出したいのを、ぐっとこらえた。いったい、誰だろう。

神田川の河岸に出た。和泉橋《いずみばし》が見える。その橋を渡れば、少しは人のいる通りに出られるのだった。

ふっと郷太の顔が、頭に浮かぶ。しかし、こんなことをする理由が分からない。

もし、お松とおれんの姉妹だと分かって襲うのならば、何時出て来るかも分からない材木屋の付近で、ずっと待っていたことになる。だがそれだけの執念を持って狙われる覚えはない。

恐怖が、おれんの足音をとらえた。思わず道の石にけつまずき、前のめりに倒れた。持っていた提灯に火がついて、ぼっと燃えた。

「おれんちゃん」

お松が、倒れた体を抱き起こそうとした。手に縋《すが》って起き上がろうとしたが、右足首が激しい痛みで立ち上がれない。挫《くじ》いたようだった。

「さあ、早く」

今度は、お松がおれんを背負おうとした。男の足音がすぐそこまで来ている。無事では済むまい、そう考えたら涙が出そうになった。

すぐ傍で、男が立ち止まるのが分かった。もう駄目だと思った時、和泉橋の方から も人の足音が響いてくるのに気が付いた。三、四人の男と女の声が混じっている。背後から来た男は、おれんたちの横を擦り抜けて、そのまま走って行った。男の影が、月明かりの中に見えた。おれんはその黒い影をどこかで見た気がしたが、どこでかは思い出せない。

ほっとしたらしいお松が、地べたにへたりこんだ。

六

お松が、庭の鉢植に水をやっていた。二つの鬼灯の鉢にもたっぷりと水がかけられて、葉先から玉になった滴が落ちている。

豆腐屋が、垣根の向こうの路地を売り声を上げながら通り過ぎていった。

おれんは、縁側から挫いた足をぶらぶらさせながら、瑞々しく濡《ぬ》れる鉢を見ていた。一晩が明けて、恐れはだいぶ去ったが、足の痛みはいくぶん良くなったという程度だった。

「半日休んで、具合はどうなの」

昼飯に戻ってきたお松は、顔を見るなり言った。その時は調子が良くて、おれんは庭の植木にだって水をやれると強がりを言い、また挫き直した。

お松に、たった今叱られたところである。

お松が昼の食事の用意を始めようと、家に入る。おれんはまだ縁側で鉢植を見ていると、外から人が来た。蔦次である。手に桶《おけ》を持っていた。

「小鰭《こはだ》のすしを持ってきた。両国広小路に、旨《うま》い店がある。そこのだ。皆で食べるつもりでね」

酢飯のにおいが、ぷんと鼻を突いた。飾りの笹が鮮やかだ。

三人で食べながら、昨夜の話をした。

「それはきっと、怖い怖いと思う気持ちが後をつけてきたんだ。何かするつもりなら、人が来る前にだってできただろうよ」

蔦次の言うことは、もっともだった。

「でもね。その男の影を、前にどこかで見たことがある気がするの」

おれんは、気に掛かっていたことを口にした。すると蔦次の目つきが、ほんの少し鋭くなった気がした。

「じゃあもう一度見れば、思い出せるわけだね」

「嫌だ。もう二度と見たくなんてない」

　おれんが大げさに言うと、お松と蔦次が笑った。

「それよりおれんちゃん、今両国広小路でおもしろい小屋掛けが出ているんだ。曲を鳴らしながら、独楽《こま》の妙技を見せてくれる」

「おもしろそうだね」

「三人で行こうじゃないか」

　蔦次がお松の顔を、窺《うかが》う。二つ返事で承知するのではないかとおれんは考えたが、お松は首をかしげた。

「それならば、二人で行けばいい」

　おれんは一瞬、自分が邪魔だからかと拗《す》ねた気持ちになって言った。いつの間にか、仲間はずれになってしまったような気がした。しかし、お松は笑って見返した。

「そういうことではないんだよ、おれんちゃん」

「じゃあなぜ」

「そうだよ、三人で行こうじゃないか」

　蔦次とおれんに強く言われ、お松はようやくうなずいた。

　明日《あした》迎えに来ると言い残して、蔦次は帰っていった。両国広小路に誘うのが、目当てだったようだ。

「でも、どうして松姉ちゃんは、行くのを迷ったりしたの」

気になっていたことなので、おれんははっきり聞く。

「あの人嫌いじゃないよ。ちょっと俯いて考え事をする時の横顔なんかが、吾平さんによく似ているしね」

「そういえば」

「だから、誘われて浅草寺にも行ったの。蔦次さんはとても優しくて、親切にしてくれるんだけど……」

「じゃあいいじゃない」

「でも、吾平さんはそうじゃなかった。いろいろなことを、してあげられた。それに、今一つ気持ちが繋《つなが》らないようでさ」

お松の言うことが、おれんにはよく分からなかった。それ以上の説明もない。

「ああ、ゆっくりしてしまった」

お松は、びんだらいの引き出しを開けて中身を確かめる。元結いを付け足すと立ち上がった。正午過ぎは、行けなくなったおれんの分も含めて、四軒の家を回ることになっていた。

一人きりになると、おれんはまた縁側に出て鬼灯の鉢を眺めた。

実を包み込んだ萼は、まだ青いが後しばらく待つと朱色に熟してくる。小さい頃から、口で鳴らして遊ぶのが好きだった。だが今年は、ただ遊ぶためにだけ口に含むのではない。所帯を持とうと言った弥吉が、おれんのために買ってくれたものなのだ。

口に含むだけで、弥吉のことを身近に感じられる。おれんの思いが、朱色の玉に込められる。

そうだ、口に含んだままで好きだと言ってやろう。

今日はまだ、弥吉に会っていない。どうしているだろう、足のことを知らせたら案じてくれるのかと、そんなことを考えていると声をかけられた。

「おれんさん、ちょいと話をしたいんだが」

郷太が、びんだらいを下げて立っていた。広袖の着物に角帯をしめ、下駄履《げたば》きの姿だった。どうみても堅気の姿には見えなかったが、目には人を値踏みするような色は浮かんでいなかった。

「…………」

「さっき、この間の男が出ていったね。あの男、どんなやつだか知っているかい」

「知っているよ。錺職人の蔦次さん」

「そんなことじゃない。どういう生い立ちを持ち、どんな仲間と付き合い、そして親兄弟はあるのかないのか」

「それは、知らない」

思いがけないことを言われた。けれども、目付きはともかく言い方には荒っぽさを感じて、腹が立つ。

「あの蔦次というやつは、悪い男だ。付き合わない方がいい」

「なんで、あんたがそんなことを言うのさ。あんたの方が、よほど得体が知れないじゃないか」

押し付けるように言われて、辛抱が切れた。蔦次はお松にとってだけでなく、おれんにとっても身近な人になっている。言葉が続いて出た。

「じゃあ、悪いというわけを、言ってごらん。言ってごらんよ」

「いや、それはまだ話せないが」

郷太は口籠《くちご》もった。

「そら言えないじゃないか。あんたなんて帰ってよ。顔も見たくない」

おれんは、大きな声を出した。

七

翌日になった。おれんが足を挫いてから、夜が二度明けた。まだ痛みは残っていたが、騙《だま》し騙し歩けば外に出られないことはなさそうだった。

一日休んだだけだが、やはり仕事のことが気になった。たとえ一人でも二人でも、こちらの都合で相手を待たせることはしたくなかった。

初めて一人で客の家に行くことになった道すがら、おれんは掘割の水にびんだらいを持った自分の姿を、映して眺めてみた。

髪結の修業を始めたときから、おれんとお松は互いの髪を結い合ってきた。お松はおれんの稽古台であり師匠だった。

「鬢や髱の膨らませ方だって、その日の顔つきで少しずつ変わる。髪結は、そこまで踏まえて櫛を使ってゆかなくちゃ」

何度もやり直しをさせられた。

「これでいい。上出来じゃないか」

お松は、おれんが結って「よし」とした髪は自分では直さない。そのまま外出をした。それが、どれほど自信になったか分からない。

できるかぎりたくさんの髪を、己の手で結ってやろう。おれんでなくてはならないと、多くの客に言わせてやろう。そういう気負った思いで水に映る姿を眺めたのである。その覚悟は、少しも衰えてはいない。

びんだらいを手にして、おれんは客の家に向かう。すると、ひとりでにしゃきっとした気持ちになった。

昼前に、神田藍染川《あいぞめがわ》にかかる弁慶橋《べんけいばし》の西側、松枝町《まつがえちょう》のたくさんある染物屋の一軒に着いた。晴天で、辺りの染物屋ではどこも屋根よりも数丈高い物干し場から、細長い布を晒《さら》していた。とりどりの色があって、それが風でゆっくりと揺れている。

昼飯をごちそうになり、そこの老婆の髪を結った。ここの老婆はお松の顧客だったが、おれんを気に入ってくれた。結い終えて見直してみると、まずまずの出来だった。鬢付油のにおいが、老婆の年を一瞬若くした。

「ありがとうよ」

黄粉《きなこ》をまぶした粟餅《あわもち》を出してくれたので、茶飲み話に付き合う。

好いた男はいないのかと問われて、おれんは弥吉のことを思い浮かべる。もう顔の腫れは引いただろうか。

染物屋を出たのが、八つ半（三時頃）あたりだった。もう一軒、小伝馬上町《こでんまかみちょう》の客の家に行くつもりで、おれんは神田堀の近くを通った。瓦器《かわらけ》の振り売りをしている三十年配の男が、口から唾《つば》を飛ばしながら、五、六人の通りがかりの者たちに声高に何か喋っていた。

耳に、その声が入ってきた。

「なにしろその両替屋の手代はよ、男をやっただけじゃすまなくて、連れの女にまで大怪我をさせたんだ」

両替屋の手代という言葉が、おれんの足を止めた。微かな胸騒ぎがあった。少しずつ人が増えてゆく瓦器売りの傍へ、近付いた。

「いいか、今日の正午頃のことだ。東両国の橋の袂《たもと》で、やくざ者が石で頭を叩《たた》き割られたんだ。商いをしていたおれの、ほんの目の前でよ」

「やくざ者は、死んだのかい」

「もちろんだ。それで、男と一緒にいた女がぎゃあぎゃあ騒いだ。やったほうの野郎は、さらに女を摑《つか》まえて押し倒したんだが、今度は女が石灯籠《いしどうろう》に頭をぶつけて大怪我さ」

「誰も、助けには入らなかったのかい」

「なにしろ、あっという間の出来事でね。やっちまった後、震えながら突っ立っているのを、傍にいた連中でとっ捕まえたわけさ」

「それで、やった両替屋の手代ってえのは」

「駆けつけた岡っ引きに、ふんじばられて行ったが。何でも四、五日前に、同じ東両国でやられたやくざ者を含めた四人に、店の金を盗られたそうだ。そして今日は、ようやく店の金を運ぶ仕事を許されて両国橋を渡ったようだが、また同じやつに絡まれたらしい。あの手代、すっかり逆上した様子で、拾った石を握って躍《おど》りかかって行きやがった。わけの分からないことを叫んでね」

おれんは、手にしていたびんだらいを取り落したのに気が付いた。しかし、かまうつもりはなかった。激しい動悸《どうき》にせかされるように人をかき分け、瓦器売りの男の前に出た。

「その手代の名は、何て言うんですか」

息を詰めるような思いで聞いた。

「名だって……。うん、確か、やきちとか呼ばれていたな」

思い出そうとする、しぐささえもどかしい。言い終らないうちに、おれんは両国橋を目指して走っていた。足に、じんと染みるような痛みがあったが、それほど気にならなかった。

やくざ者に絡まれた弥吉を、朋輩《ほうばい》の手代は自分に隙があったからだと責めた。店に出してもらえず、裏仕事ばかりをやらされていた。それは、小僧だった頃と同じ仕事をさせられていたということになる。

四万六千日の浅草寺の境内では、手代としてできる役割を増やしたいと口にしていた。その夢は遠のき、競争相手の朋輩に差をつけられた。

弥吉は物事を一途《いちず》になって考え、がむしゃらに突き進んで行くところがあった。不運なことに、またあるかもしれないといったお松の言葉が、当たってしまった。再び同じやくざ者に金を強請《ゆす》られたのである。

逆上したのだ。もともと「ただじゃおかねえ」と口にしていた。

非道な相手でも、死なせてしまってはこちらが罪人になる。弥吉の無念さが、おれんの胸を突いた。

両国橋は長く、風があった。息が切れて、何度も転びそうになりながら、おれんは橋を渡る。体が、もう自分のものとは感じられなかった。

袂の広場に出ると、しかしそこはいつもと変わらない人の賑《にぎわ》いだった。考えてみるまでもなく、いつまでもここに事件の痕跡《こんせき》を残しておくわけがない。人通りの多い橋なのだ。

だが注意をしてみると、そこかしこで人が石灯籠を指差したりして、立ち話をしているのが目に付いた。おれんは、お店者の若い男に声をかけた。

「ごめんなさい。ここでやくざ者と争いを起こした両替屋の手代は、何処に連れていかれたのでしょうか」

「あの手代か、それなら深川《ふかがわ》の鞘《さや》番所だろう。今頃は与力の旦那のご吟味《ぎんみ》じゃねえかい。罪状ははっきりしている、明日になると小伝馬町の牢屋敷《ろうやしき》かもしれねえな」

「牢屋敷」

「そうさ。いくら相手が強請りに来たやくざ者でも、仕方がない」

弥吉の顔を、せめて一目見たかった。そして慰めてやりたかった。何があっても、自分は弥吉を好いていると伝えてあげたい。

大川に沿った道を、おれんは深川に向かって走った。今は逆上も冷めて、自分のしたことに震えているのではないか。弥吉は、相手がいくら憎いやくざ者でも、平気で殺せるような男ではない。

川風が、おれんの汗ばんだ額にあたった。

「お願いします、ちょっとでいいんです。弥吉さんに会わせてください」

棒を持ち、鞘番所の入り口で番をしている下っ引きの男に、泣いて頼んだが相手にしてもらえなかった。

西日が、はるか向こうの馬道《うまみち》通りの大鳥居を朱色に染めていた。もう四半刻（約三十分）以上粘っている。

「もう、帰りなよ。いくら待ったって、会えねえんだからさ」

下っ引きが、しびれを切らせたように言う。おれんは、激しく首を振った。今顔を見なければ、先はどうなるか分からない。そういう恐れが、おれんの胸の内を捉《とら》えて抑えつけていた。

「やだ。会えるまで、帰らない」

言い合っていると、戸が中から開いた。出てきたのは井筒屋の番頭辰造《たつぞう》だった。

「番頭さん」

おれんは、救われた思いで辰造の傍に寄った。辰造は、井筒屋で絶大な権限を持つ一番番頭である。五十年配で、店の主人だといっても、誰も疑わないほどの風格がある。町《ちょう》役人でさえ、時には下手《したて》に出た口のきき方をするほどなのだ。

なんとかしてもらえると思った。

「おや、おれんさんじゃないか」

気付いた辰造の声は、驚くほど沈んでいた。疲れ切った声といってもいい。恐る恐る顔を見上げた。黄ばんだ膚《はだ》に、脂汗が滲んでいた。

「弥吉は、もうおしまいだ。人を死なせてしまっては、どうにもなりはしない。金を盗られたことなどは、言い訳にはならんのだよ」

「…………」

「あいつは馬鹿なやつだ。お世話になった井筒屋へも、計り知れないほどの迷惑をかけることになるだろう。とんでもないことをしてくれたものさ」

「番頭さん、それで弥吉さんはどうなるんでしょうか」

「さあ、どうなることか」

「お願い、助けて」

「ふん。できない話だ」

辰造は、おれんに背を向けると歩き始めた。引きずるような足取りで、片方の肩が落ちていた。「番頭さん」「番頭さん」と、何度も呼んだが振り返らなかった。

おれんはその場に、茫然と立ちすくんだ。

どれほど、そうしていただろう。

西日がちかちかと眩しく、全身を照らしていた。その方向に足を運んだ。わけも分からず、歩き続けた。

どこに行こうとしているのか分からない。どこへ行ってもかまわないという、投げやりな気持ちもあった。自分は、弥吉を救えない……。

ふと気がつくと日の暮れ切った闇の中で、誰かが自分の名を呼んでいた。声の辺りに目を凝らすと、お松が立っていた。いつの間にか、おれんは家のある小柳町に帰ってきていた。

帰らぬ妹の身を案じて、お松は通りに出て待っていた。

姉の体にしがみついて、おれんは声を上げて泣いた。

八

翌日、強い風が吹いた。庭の鉢植の棚が、かたかたと音をたてた。

その風の中を、おれんはお松に付き添ってもらって、月番の南奉行所まで出かけた。情状酌量を願い出たかったのである。だが相手にしてくれなかった。

「名主の同道もなく来たのか」

とやられた。

井筒屋へも行ったが、こちらは店の戸が閉じられていた。奉公人が人を殺《あや》めた。ただでは済まない。

昼過ぎ、お松が深川の鞘番所へ様子を聞きに行ってくれたが、弥吉は小伝馬町の牢屋敷に移されたことが分かっただけだった。そこで小柳町の自身番へ行った。大家から町役人に頼んでもらって、せめて顔を見られるように図ってほしいと願ったが、それも叶《かな》うことがなかった。

夕刻、おれんは絶望の中で、庭の鬼灯の鉢の前にしゃがみ込んだ。万策尽きた。もう涙も出てこない。頭の中にある弥吉の姿を繰り返し思い浮かべるだけだった。

所帯を持とうと言われたとき、「はい」と言えばよかった。

すぐに返事ができなかったのは、ためらいがあったからではない。驚いたからだ。その驚きの奥に、喜びがあったのは間違いなかった。

こちらの返事を待たず、弥吉が話題を変えたのは照れたからだ。精いっぱいの気持ちで口にした言葉を、自分は受け入れられなかった。そして追い詰められた心を支えてあげられなかった。

今頃弥吉は、しでかしたことの大きさに震えている。傍に寄り添ってやりたいが、それもできない。

自分は無力だ。まるで赤子のようではないか。そう考えると、引いていた涙がまた溢《あふ》れてきた。

一夜が明けて、日が高くなっても、おれんは寝床から起き上がれないでいた。力が抜けてしまって、何もする気になれないのだ。

昨日はあれほど親身になって、あちこちと走り回ってくれたお松だが、今日は朝から何も言わなかった。

食事の用意だけして、びんだらいを提げて仕事に行った。

夕刻になって、お松は蔦次と連れ立って家に帰ってきた。訪ねてくるところを、表の通りで一緒になったという。

蔦次は、すでにお松から弥吉の出来事を聞いていたらしかった。

「おれんちゃん、元気を出しな。おれは、蔵前《くらまえ》の岡っ引きの親分を知っている。そこに頼んで、せめて顔ぐらいは見られるようにしてやるから」

「ほんと」

初めて手応えのある返事を聞いた。たとえどのような手づるでも、頼めるものは頼みたかった。

「ほんとうさ、だから元気を出して。家にばかり引きこもっていてはいけないぜ。

四日や五日では、ご処分はとうてい決まらない。それに殺したといったって、やくざ者だ。重い罪にはなるまいよ」

慰めだとは、思わなかった。おれんには、蔦次の顔がいかにもたくましく感じられたのだった。

「三人で、両国広小路にでも出てみようか。独楽の曲芸を見て楽しむ気持ちにはなれなかろうが、外の空気を吸ってみるのはいいもんだ。大川の風をよ」

お松の顔を見ると、笑っていた。それで、出かけてみる気になった。蔦次は一昨日に来たときもその話をしていた。

橋を渡った東両国には、弥吉の辛い記憶が刻まれた。それはいつまでも忘れないだろう。けれども大川の風を、おれんはふっとたまらなく恋しいと感じたのである。生れた頃から、あの川風を毎日のようにかいで過ごした。

両国広小路に着く頃は、もうすっかり日は落ちてしまっていた。昼前ならば青物の市が並び、午後になると小芝居、寄席、飲食店などの菰張《こもば》りの粗末な小屋掛けが並ぶ。今も明かりを灯した露店が、多数商いを続けていた。大道芸人の呼び声も聞こえる。過ぎて行く夏の名残りを惜しむのか、人の出は多かった。広場全体を明かりがこうこうと照らしていて、まるで昼間のようだ。

橋の入り口から中央を見ると、広場の明かりがあまりに強いので、橋は途中で闇の中に呑まれてしまっているように感じられた。

褌《ふんどし》一つになって、籠抜《かごぬ》けの芸を見せている男の周りに人がたかっていた。狭い籠の中に火のついた蠟燭《ろうそく》や包丁が突き出ているのだが、少しもそれらには触れないでくぐり抜ける。見ていた者たちは、驚嘆のうちに銭を投げた。

家族連れや、若い男女が顔を見合わせて笑い合う。それが、ひどく遠いことのように思えた。

「おれんちゃん、おいしい魚を食わせる店がある。行こうじゃないか」

蔦次が気を遣ってくれる。こんなに優しい人なのに、お松はなぜよい返事をしないのか。

「まあまあ、おれんちゃんじゃないか」

橋の袂の橋番所の脇を歩いていると、声をかけられた。得意客の染物屋の老婆である。いつもの調子で、世間話を始めた。無下にもできないので、相手をした。

気が付くとお松と蔦次の姿がなくなっていた。

「どこへ行ったんだろ」

周囲を見回した。話していたのは、ほんの少しの間だった。どこかで騒ぐ声を聞いた気がしたが、老婆は気にせず話を続けていた。三人いる孫の話である。

いきなり肩を叩かれた。

振り向くと、青ざめた顔をした蔦次がいた。

「たいへんだ、お松さんが橋の欄干から川に落たんだ。ちょいと目を離したすきに、誰かに突き落されたらしい」

「えっ、川に落された」

一瞬、何を言っているのか分からなかった。橋の中央に向かって、人が集まって行く。口々に何か叫んでいたが、聞き取ることはできなかった。おれんは、弾《はじ》かれたようにそちらに走って行こうとした。だが、蔦次が手を握って止めていた。

「橋へ行ってもしょうがない。土手に出て、舟を出して助けないと」

詳しい事情は分からない。けれどもお松の身に、ただならぬ事が起こったのだけは分かった。

二人で走って、橋の下の土手に出た。橋の上では人が騒いでいたが、そこには人の影はまだなかった。

「こっちへ来るんだ」

気持ちがせいて、おれんは蔦次の手を必死で掴んだ。

ちょうど橋の真下、杭《くい》の並ぶ闇の中でいきなり強く腕を引かれた。はっと気が付くと、胸倉を掴まれていた。強い力で、体がずり上がる。

「どうしたの、いったい何」

おれんは、縋るような声を出したが、相手は無言だった。片一方の手で、懐から何かを取り出した。それが匕首《あいくち》だと、闇の中でもすぐに分かった。

「ひっ、なんで」

表情の無い蔦次の目が、見詰め返していた。それは見たこともない、知らない男の目だった。体が、一瞬で凍えた。

「おまえも、お松も、見なくていいものを見てしまった」

「えっ」

「神田明神の夜の出来事を、もしおまえたちが何も覚えていなかったら、そのまま離れるつもりだった」

「……………」

「しかしあの時の仲間の顔を、お松は覚えていた。だからおれが橋から落したんだ。そしておまえも仲間の顔や姿をはっきりと見ていた。生かしてはおけねえ」

そこまで言うと、蔦次は匕首を振り上げた。おれんは小さな悲鳴を漏らした。激しく体を揺すぶった。力の限りに揺すぶったが、男の手は離れなかった。

「あきらめろ」

低い声に、背筋が震えた。

「ああ」

絶望が、おれんの胸を鷲摑《わしづか》みにした。

が、そこで、いきなり地面に叩きつけられた。

男の怒声が、辺りに響く。二つの影が、ぶつかり合っていた。争う男たちの息遣いが、間近に聞こえた。川べりの石ころが弾け飛んだ。

蔦次の匕首が、置かれた提灯の明かりで鈍く光り、相手の肩に刺さった。相手が怯《ひる》んだすきに、蔦次は闇の奥に走り込んだ。土手には、異変に気付いた者たちが駆け降りてくる。

「待て、ちくしょう」

郷太だった。房のない十手を振り上げて追う。しかし刺された痛みのためか動きが鈍い。土手の闇の中に、蔦次の姿は紛れ込んでしまった。

九

舟が出た。

両国橋の欄干から、当て身をくらわされて川に落されたのなら、まず助からない。しかし落ち方によっては、怪我をするだけで済むかも知れない。正気にさえなれば、お松は泳ぎに関して、おれんと同様なかなかの腕前を持っていた。船頭の娘である。だが橋から川面《かわも》までの距離は、目で測っただけでもかなりあった。下から仰ぎ見ると、闇の中に聳《そび》え立っているように見えた。

おれんは、じりじりしながら舟が戻るのを待っていた。時おり体が震えてくる。蔦次に刃《やいば》を向けられた際の、驚きと恐怖がそのまま尾を引いていて、不安を煽《あお》っていた。

弱い月明かりが、微かに水面から跳ね返る。

櫓《ろ》の音が、闇の奥から響いて聞こえた。舟の松明《たいまつ》の炎が揺れるが、おれんのいる両国橋ぎわの栈橋へ戻ってくる気配はなかった。刻限は、とうに四つ半（十一時頃）を過ぎているはずだ。

「おれんさん、寒くはないかい」

郷太に声をかけられて、初めて夜の川風の冷たさに気がついた。七月も半ばを過ぎている。

しかし、寒さなどは感じなかった。

「川の流れは緩やかだ。そう遠くまでは流されていないだろう」

蔦次を取り逃がした後、郷太は人を手配して舟を出してくれた。肩に傷を負いながらも、手慣れた動きであった。髪結をやりながら、蔵前の甚五郎《じんごろう》という岡っ引きの手先をしているということをそのとき知った。

「それにしても、蔦次ってえやつはひでえ野郎だ。親切ごかしで、あんたらに近付いてよ」

「…………」

「あいつは錺職人には違いないが、実は贋金作りの一味なんだ。先月の中頃、やつらで仲間割れがあった。神田明神で裏切った仲間が殺されたが、おれんさんたちはそれを見てしまった」

「えっ、殺しですって」

思いもしないことだった。あの夜、暴行の後に人が殺されていようとは知りもしないことだ。しかし蔦次は、こちらの身元を調べ近寄ってきた。様子を探り、何かを喋られる前に殺してしまおうと企《たくら》んだ。

それに気付くこともなく、自分は蔦次を表向きの当たりの優しさだけで、良い人だと考えた。なんという、愚かなことだろう。

「蔵前のあいつの住居は分かっていた。だが、こっちはやつが贋金作りの一味だというはっきりした証《あかし》を、まだ握っていなかった。神田明神の殺しについてもそうだ。ただおれんさんを襲った時の言葉で、はっきりした。もっと早くに、そのことをあんたたちに話しておけばよかった」

「…………」

「蔦次が、おれんさんたちに近付いたわけが分からなかった。あるいは、あんたらが贋金作りの仲間なのかもしれないと考えてね。あんたのように、可愛い娘が仲間だとはなかなか思えなかったが」

闇の奥に、舟の炎が揺れている。おれんは、ぼんやりその動きを見ていた。

弥吉が囚《とら》われの身になり、今お松の行方が不明になっている。大切な人が、理不尽な他人の手によって奪われていこうとしていた。

胸にきりりとした痛みがある。

はっと、気がついた。舟の明かりが近付いて来る。少しずつ、少しずつ。救助に出た舟だ。何か話す声も聞こえてきた。桟橋の端まで、走って出た。

どうか、命だけは助かって。

おれんは、心の中で叫んだ。

舟が寄って来るのが、これほど遅いとは思わなかった。船頭の声がようやく聞こえた。人の影が見える。

わけもなく、涙が出た。

「おーい、まだ死んじゃいねえぞー」

船頭の胴間声が響いた。それを聞いて、おれんは膝頭が、がくがくと揺れるのが分かった。何度も手のひらで涙を拭いた。櫓の音が、すぐ傍まで来て止まった。

救い出されたお松は、高い熱を出して寝込んだ。呼吸は速く浅かった。翌朝になっても目を覚まさない。おれんは冷や冷やしながら、ずっと枕元にいた。

もう一晩過ぎた朝になって、わずかに目を開いた。見守っているおれんと目が合った。

「松姉ちゃん」

顔を寄せて、声をかけた。お松は何か言おうとしたが、言葉にはならなかった。

再び眠りに落ちた。時おり呼吸ができなくなるからか、目を覚まし咳込《せきこ》む。薄い鉄錆《てつさび》色のたんが出た。おまけに、肩から腕にかけて骨が細かく砕けてしまっていた。強く、川面に打ち付けたのである。

不気味な痣が体の右上半身を覆っていた。

医者は、気を緩めれば、命に支障が生じるかも知れないと言った。おれんは、お松の世話に没頭した。もし、元気になることがあっても、右の腕は肩まで上げることはできなくなるだろうとも言われている。

けれども何であれ、生きていて欲しかった。

そうやって、六日がたち七日が過ぎた。熱はいくぶん下がりかけていたが、時おり襲ってくる激しい咳はお松を苦しめた。

夜になると、虫の音が騒がしくなっている。庭の鬼灯の萼に、だんだん赤味が増すようになっていた。

「どうだい、今日の様子は」

熟れたかぼちゃを手土産に持った郷太がやって来て言った。助け出されて以来、毎日顔を見せて、何かしらの食べ物を運んでくれていた。することはないかと聞いてくれた。

郷太のものの言い方や目付きを、おれんは初め虫ずが走るくらい嫌だった。それが、何時の間にかそれほど気にならなくなっている。決して好感を持つようになったわけではないが、あれほど感じた不快な思いは、嘘のようになくなっていた。

今は郷太の助けがなければ、一日も過ごせない。蔦次の方は、必ずこっちで捕まえてやる。

「おれんさんも、体に気を配らないとな。仇《かたき》は討ってやるから」

そう言われて、おれんは蔦次のことを思い浮かべた。

あの優しげな顔が頭に浮かんでくると、怒りと恨みが胸の内に込みあげてきた。夜半神田川にかかる和泉橋の手前で、男に襲われそうになったことがあった。あれも蔦次か、その仲間の仕業に違いないと思った。

咳込むお松の背を撫《な》でてやっている時は、その咳が止まることしか考えない。じっと寝ているおりは、子供の頃のお松との昔を振り返ったり、弥吉のことを考えたりした。

「お、おれんちゃん」

いきなり、お松が言った。左にしか寝返りを打つことができないので、体を動かすと痛そうに顔を歪める。だが目には、いつもおれんを見る時の、穏やかなものが戻っていた。

　おれんは郷太のそばから離れ、お松の枕元に近寄った。

「私ねえ、私が吾平さんにしたことの罰を、今、受けているんだなって考えてる。あの人、鬼灯の鉢を、心中する前の日に持ってきてくれた。鬼灯の鉢はさ、吾平さんが初めて手代になった頃にも、私に、買ってくれたことがあった」

「じゃあ、弥吉さんから貰《もら》ったあたしと、同じじゃない」

「そうだよ。だからそれを聞いた時は、不思議な繋りがあると思った」

「うん」

「私はさ、あの人が鬼灯を持って現れたとき、ちゃんと話を聞いてあげれば、良かったんだ。それをしないで帰してしまったから、吾平さんは、死んでしまったのだと、ずっと思っていたんだよ」

　咳込んで、それきり口を閉じてしまった。伝えたいことを、やっと口にできたという様子だった。おれんの脳裏に、欠かさず鬼灯の鉢の手入れをしていた、おりおりのお松の顔が浮かんできた。

　ゆっくりと背を撫でてやる。前よりも一回り小さくなった体から、ぬくもりが伝わってきた。おれんにとって、掛替えのないぬくもりだった。静かな寝息が聞こえてくるまで撫で続けた。

犬の遠吠えがあって、虫の音がわずかに途絶えた。

「これは、ちょいと聞いた話なんだが」

郷太が、言いにくそうに呟いていた。腰を上げ、「じゃあ」と戻ろうとした後である。

「弥吉さんの、ご処分が決まったようなんだ」

「えっ、ご処分が」

心の臓が、いきなり冷たい手で摑まれた気がした。動悸が速くなる。

「島流しと、決まったそうだ」

「島……」

おれんの目に、絶海の孤島に蹲《うずくま》る、弥吉の姿が浮かんだ。

「人を殺しちゃあいたが、相手も悪党だった。死罪には及ばないという話になったようだ」

息が詰まりそうになって、とっさにお松の顔を見た。寝てしまったとばかり思っていたが、おれんを見ていた。目が合って、うなずく。

「島流しなら、いつかは帰ってこられるかもしれない、ということじゃないか」

おれんの胸に、お松の言葉が響いた。

十

その日おれんは、郷太に付き添ってもらって、夜が明けないうちに小柳町の家を出た。出かける先は永代橋《えいたいばし》だ。

弥吉が八丈《はちじょう》への遠島を申し付けられて、一月《ひとつき》近くになる。今朝、夜明けと共に永代橋の下の桟橋から、流人舟が出るのだった。

本来、罪人と家族との面会は許されていない。だがお慈悲により、流人舟に乗り込む様子を、橋の上からそれとなく見るという形で最後の別れをすることが許されていたのである。

空一面の鰯雲《いわしぐも》が、朝焼けで赤く染まっていた。

永代橋に着くと、すでに橋の欄干から身を乗り出すようにして、下を覗いている七、八名の者がいた。老婆、中年の女房、娘、裸足《はだし》の子供。そして背中から幟《のぼり》を立てた、飴《あめ》売り姿の爺《じい》さんもいた。

皆、今日船出をする罪人の家族や縁者に違いなかった。一様に押し黙って、下を見ている。

「間に合ったようで、良かった」

郷太が言った。船出は早朝というだけで、はっきりした刻限は知らされていなかった。ぎょろりとした大きな目に、ほっとした色が覗いている。柄のいい男ではないが、郷太が優しい男だということを、おれんは感じ始めていた。

「ありがとう、郷太さん」

素直に礼の言葉を言えた。

今朝の船出を知らせてくれたのも、郷太だった。

あれから、お松の熱はどうにか下がり、一命を取り留めることができた。けれども、少しでも無理をすると、激しい咳が発作のように起こって、それが四半刻（約三十分）から場合によっては数刻、ひいひいぜいぜいと酷く苦しまなくてはならないようになった。

おまけに、腕から肩にかけての複雑な骨折は、お松の腕を肩から上にあげられなくしただけではなかった。腕の筋を切ってしまったのか、右の指先が思うように動かなくなっていたのである。

髪結としては、絶望的な出来事だった。

しかし、お松はめげていなかった。自分のびんだらいを取り出し、おりにふれて櫛を使う稽古をし始めた。咳込んでいる時の苦しげな表情が嘘のように、生き生きとした顔になった。このお松の再起にかける意気込みは、おれんの沈みがちになる思いを救った。

「私は行けないけれど、おれんちゃんはしっかり見送っておいで」

今日の出がけに、お松は笑いかけてくれた。

「おい、来たぞ」

誰かが叫ぶと、集まっていた者たちの間に、ざわめきが起こった。おれんも、欄干から身を乗り出した。

「おとっつぁん」

「げんすけー」

それぞれに、身内の名を呼ぶ。おれんは、必死になって弥吉の姿を探した。そして並んで乗船する罪人たちの後ろの方に、懐かしい姿を見付けた。

「弥吉さん」

泣いてはならないと思っていた。泣けば涙で、弥吉の顔が霞《かす》んで見えなくなってしまうではないか。

おれんは、袂から朱色に熟れた鬼灯の萼を取り出した。それを持ったまま、手を振る。力の限り振っていると、弥吉はおれんの姿に気付いたようだった。驚きの顔が、涙で歪んで泣き顔になった。

萼の中から、これも朱色に熟した丸い実を取り出し口に入れた。

「所帯を持とう。あたし待っているから」

そう言おうとして、歯が実にあたった。皮がさけて、舌の上に鬼灯の実の味が広がった。酸味があって、それに苦みも混じっていたが、口に入れていて堪《こら》えられない程のものではなかった。

おれんはそれらを呑み込むと、今度は叫ぶような声を出して「待っているよ」と弥吉に向かって呼びかけた。

第二話　藪柑子《やぶこうじ》燃える

一

いきなり庭先から、火打石を叩《たた》くような高い音が聞こえた。驚いたおれんは、動かしていた手を止める。

鶲《ひたき》だった。雀大の、赤褐色の美しい鳥である。初冬になると、北の空から飛んできて、この江戸の町にも姿を見せた。

午後のやわらかい日差しが、部屋の中まで差し込んでいる。風がないので、日だまりにいると汗ばむほどに暖かい。おれんは艶《つや》のある豊かな髪を梳《くしけず》りながら、両の鬢《びん》と髱《たぼ》を手慣れたしぐさで分けていった。

今日の客は、本所相生町《あいおいちょう》二丁目の三味線の師匠おえいだ。

「でもお師匠だなんて言ったって、まだお弟子は二人きりなんだよ」

おえいが、つぶやいた。目を閉じていて、日だまりのぬくもりに身をゆだねている。眉根《まゆね》から鼻筋にかけて、すっきりと整っている。肌が白くてとても美しい。顔全体が瑞々《みずみず》しくて、おれんには透き通っているようにさえ見えた。

手を止めて、ほっと息を呑《の》み込んだ。

美しい人だとは前から感じていたが、これほどだっただろうか。おれんは、改めて鏡に見入った。

「なあに、おえいさんほどの器量よしなら、いくらだってその辺の若旦那《わかだんな》衆が習いたいってやって来ますすよ」

「そうかしらねえ」

おえいは、うっとりと目をつぶったまま答えた。新しい畳のにおいが、辺りにただよっている。この相生町二丁目の家は、元は大店《おおだな》の主人の囲い者が住んでいた。広くはないが手入れの行き届いた庭もあって、女が一人住むには贅沢《ぜいたく》な造りだった。

この家におえいが引っ越してきたのは、およそ一月《ひとつき》前。それまでは、神田鍛冶町《かじちょう》にある老舗《しにせ》の小間物屋『岩城屋《いわきや》』の番頭喜助《きすけ》の女房だったが、離縁された。

離縁された理由は、おえいが京橋《きょうばし》にある大店の三男坊との密会がばれたからである。岩城屋の主人はおえいの実の兄だったが、妹の不始末を恥じた。若いがやり手の番頭である喜助のために、妹との縁を切り家から出した。

おえいは二十四歳。本来ならそれで路頭に迷うところだが、まだ健在で隠居をしている両親が娘の先行きを案じた。家を買い与え、もともと玄人《くろうと》はだしだった三味線の師匠として、一人でも暮らせるようにと図った。当座の暮らしには困らない充分な金が手渡されたと、おれんは噂話で聞いていた。

両の鬢と前髪の髪先を合わせて、元結で結ぶ。その髻《もとどり》の先を二つに分けて、それぞれに輪を作る。この輪にいつもおえいは浅葱《あさぎ》色の縮緬《ちりめん》の布を巻きつけていた。それで今日も同じ色の布を使おうとしていると、目を開けたおえいに声をかけられた。

「ああ、おれんちゃん。今日からは、これを巻いてちょうだいな」

袂《たもと》から黒繻子《くろじゅす》の切れ端をとりだした。

「でもそれは……」

極上の端切れだが、黒一色である。後家や年配の女が用いるものではないかと言おうとして、おれんは言葉を呑んだ。

「いいんだってば、これで結んで」

おえいはにこりと笑う。おれんはいつもの気まぐれかとも思ったが、その笑顔には屈託がなかった。

おえいとの付き合いは、姉のお松について、まだ下仕事だけをしていた頃からだから、もう三、四年になる。しかしこれまでに見たどの笑顔よりも、ゆったりとしていた。安らぎが腹の底まで染み通ってから、再び浮かび上がってきたように感じられた。

「いったい、何があったのか」

おれんは胸の内で呟《つぶや》いてから、おえいから布を受取り髪に巻き付ける。

そしてさらに仕上げに向けて手を動かしながら、この一月《ひとつき》ばかりのおえいの暮らしぶりを振り返った。

「私、家を出されちゃった」

相生町に転居したおえいから、おれんは呼び出された。あっけらかんとした物言いの中に、恥じらいがあった。

「これからも髪を結ってちょうだいな。馴染《なじ》みなんだから」

それから四日に一度、おれんはこの相生町二丁目の家に通ってきている。間男を作って離縁されたと聞いていたから、どんな暮らしぶりになるのかと案じられたが、自棄《やけ》になることもなく平穏に過ごしていた。

暮らしに、男の影はどこにもない。三味線の指導や自らの稽古《けいこ》に余念がなかった。

だがそれにしても、離縁されることを覚悟で亭主以外の男を好いたか、あるいは軽い気持ちでした遊びがばれたのか、どちらにしてもおえいには辛《つら》い出来事だったはずである。ところが、その翳《かげ》のようなものは、まったく感じられなかった。

別れた亭主に詫《わ》びる気持ちで、あるいは別れさせられた男を慕って、髪に後家の印の黒繻子を巻くのなら、それはそれで納得が行く。けれども本当にそうなら、あの屈託のない安らぎに満ちた笑顔は何なのか。

おれんには、不思議だった。

一月《ひとつき》足らずで元の亭主を、あるいはひそかに好いていた男を、己の体の中からすっかり追い出せるものだろうか。

おれんにも、弥吉という好いた男がいた。一年ほど前やくざ者を殺して八丈へ島流しになっている。その少し前、「所帯を持たないか」と言われた。返事はしなかったが、心の中では受け入れたつもりだった。

今は手の届かない遠い場所へ行ってしまったが、一年という短い間では、好いているという思いは変わらない。うれしいこと悔しいことがあると、胸の内にいる弥吉に話しかけた。

絶海の孤島に吹く冬の風は、さぞかし冷たいだろう。苦しい暮らしをしていると考えるだけで、胸が痛くなってくるほどだ。

「これが済んだら、おれんちゃん。おいしい落雁《らくがん》がある。お茶いれるから、食べていきなさいな」

鏡に映るおえいの美しさ瑞々しさは、この相生町へ越してきてから増してきていた。それは間違いのないことである。だとすれば、おえいの美しさを支える何かがあるということではないか。

おれんの女としての勘だった。

いったい何なのか。実はひっそりと、切れたことにした男とどこかで会ってでもいるのか。そして、それをごまかすために髪に黒繻子を巻くのだろうか。

艶やかな髪が、午後の日差しに輝いている。

二

神田小柳町の裏通りに、二間きりの小さなしもた屋がある。おれんと姉のお松が住んでいる家だ。猫の額ほどの庭がついていて、たくさんの植木の鉢を並べている。四季おりおりに花が咲いて、そこだけ緑が盛り上がっているように見えた。

この鉢植の手入れを、二人の姉妹は欠かしたことがない。

お松は一年前に、複雑な骨折をした。髪結としては致命的な怪我だったが、日々の精進と修練で、手間さえかければある程度までは結えるようになっていた。

おれんとお松は、髪結の修業を始めたときから、互いの髪を結い合ってきた。初めは、お松が稽古台だった。けれども今は、おれんが稽古台になっている。

進歩は微々たるものだが、お松はあきらめない。納得がゆくまで何度も繰り返す。おれんは辛抱強く、それに付き合った。わずかな積み重ねだが、一年の歳月はそれなりの成果を見せた。

うるさい客はおれんが引き継ぎ、ぜひにもお松がいいという昔からのごく親しい客と、利の薄いそこらへんの女房の髪を結うのが、お松の毎日の仕事になっていた。

おえいの家から、びんだらいをぶら下げておれんが家に戻ったのは、まだ夕刻には間のある刻限だった。庭の植木の中に藪柑子《やぶこうじ》の鉢があって、青かった実が赤く色づき始めているのが見えた。

「おや、早かったね」

戸を開けて家に入ろうとすると、土間にお松が立っていた。こちらを見て、すぐに目で合図をして外に出た。顔に火照りがあって、何かあったらしかった。

おれんも外に出た。

「いったい、どうしたの」

「それがさ……。私たちに、妹がいたらしいんだよ」

「妹だって」

いきなり何を言い出すのかと、おれんは思った。二人の両親は、とうの昔に亡くなっている。

「おとっつぁんの仲間だった、八之助《はちのすけ》さんていう人を、あんた覚えていないかい」

そう言われると、一人の船頭の姿が脳裏に浮かんできた。父親とはそう年の違わない男である。五年前に亡くなった父親の栄造《えいぞう》は、猪牙舟《ちょきぶね》の船頭をしていた。

「その八之助さんがさ、七歳になる私たちの妹だって子を、連れて来ているんだよ」

「だっておっかさんは、私が二歳の時に死んじまったじゃないか」

「そりゃそうだけどさ」

お松はわずかにためらったようだが、すぐに続けた。

「おっかさんじゃない人の、子なんだって」

「まさか」

おれんは思わず声に出して言ったが、ありえないことではない気もしたのだった。

父親の栄造は、気の荒い一面もあったが娘には優しかった。男手一つで、二人の娘を育てたのである。

しかし、酒と遊びの好きな男だったということも、おれんはよく知っていた。白粉《おしろい》のにおいをさせて帰ってくる父親に、幼な心にも悋気《りんき》したものだ。

「でもさ、間違いなくおとっつぁんの子供なの？」

「さあ、どうだか分からない。ただ八之助さんは、嘘をつくような人じゃなかったけど」

八之助は数年前舟を降り、今は品川宿で大家をしている。昔から、猪牙舟の船頭仲間からも信頼の厚い人物だという評判があった。父親は、この友人を大切にしていた。

「ちょっと、信じがたいけどね」

お松は言った。おれんは深く息を吸い込み、気持ちを落ち着かせる。

いきなり身よりが現れたと言われて胸が騒いだが、間違いなく栄造の子なら会わないわけには行かないだろう。場合によっては、厄介をしょい込むことになるかもしれない。

だが事実ならば、こうなったわけも知りたかった。

その娘は、小さな膝《ひざ》を揃えて俯《うつむ》きがちに座っていた。引っ詰めた髪を、頭の後ろで結わえている。痩《や》せた肌の浅黒い子で、お松にも自分にも似ていないと、おれんは思った。だから、心の高ぶりは起こらなかった。

「やあ、久しぶりだねえ、おれんさん」

八之助が、笑いかけた。かつて可愛がってもらったことのある、懐かしい顔だ。五年前と比べてわずかに老けたが、いくらか肥えて恰幅《かっぷく》が良くなっていた。着ている着物も、極上とはいえないまでもきちんとした品であった。笑顔に親しみがあって、おれんの胸の奥にあった警戒の気持ちが、いくぶん引いて行くのが分かった。

挨拶《あいさつ》が済むと、八之助はさっそく本題に入った。

「この子の名はお房《ふさ》といってな、七歳になる。母親のお町《まち》と一緒に住んでいた。お町は私の預かる長屋の店子だが、十日前に心の臓に発作を起こして亡くなった。着物の仕立てをしてかつがつ食っていたが、体はそれほど丈夫ではなかった」

「…………」

「お町さんが亡くなった後、このお房をどうするかで、私もずいぶん悩んだ。なぜならこの親子は、あんたらのおとっつぁんが、死ぬ間際に私に頼んでいったのだったから」

ふっと、洟《はな》を啜《すす》る音がした。

お房である。下を向いたまま、体を強張《こわば》らせてじっとしていた。おれんはお松と顔を見合わせた。

「栄造は、お松さんにもおれんさんにも話してくれるなと言ったが、お町さんが死んでしまって、お房は行くあてがなくなってしまった。無理して引き取り手を探せば、ないことはなかろう。しかし他人の飯を食わなくてはならない。天涯孤独というのならそれも仕方がないが、腹の違う姉がいる。とうとう連れてくることにしたのさ」

「お房ちゃん、顔を上げてごらんなさいな」

お松が声をかけた。きりりとした表情だ。体を壊してから、時として弱気になることもあった。けれどもいざとなると、おれんよりもこの姉の方が気丈である。

恐る恐るお房は顔を上げた。さらに体を固くしている。浅黒い肌だが、正面から見ると目鼻立ちのはっきりした顔だった。痩せじしの体が、緊張で震えるのが見えて、おれんの中にあわれみの情が涌いた。お房は、おずおずと二人の顔を見返した。

「この子、おとっつぁんに似ている。ほら、眉の辺りがねえ」

お松に言われて見直すと、確かに死んだ父親に似ていると思えてきた。

おれんが十二歳のおりに、栄造は風邪をこじらせてあっけなく死んでしまった。

お松に支えられて、寂《さみ》しい思いをすることもなく、一人前の髪結としてこの江戸で暮らせるようになった。

お房はあの頃の自分よりも、さらに五歳も小さい。

「どうだい、あんたたちで引き取ってはもらえないか。この子は働き者で、この齢《とし》でおっかさんの面倒をそりゃあよく見たものだ」

「…………」

お松は何も言わない。八之助は、二人の顔を交互に見た。

「分かりました」

そう言ったのは、おれんだった。

確かに、いきなり七つの子供を連れてこられて、これがあなたの妹だと言われても、そのまますぐに信じるのは難しい。しかしお房という娘の中に、父親の面影を感じたのも事実だった。

暮らしに困っているわけではない。この家に住む者があと一人増えたところで、どれほどの差し障りがあるだろう。騙《だま》されるのなら、それはそれでいいという気がした。

「お房ちゃん、あんた髪結になりなさい。私たちで仕込んであげるからさ」

おれんが言うと、お房は弾《はじ》かれたように二度頷《うなず》いた。頬が赤く染まっていた。

「でなにかい、そのお房ってえ娘を引き取ることにしたわけかい」

上がり框《がまち》に腰を下ろした郷太が言った。お房は、明日にも引っ越しをしてくる。

「そうだよ。私たちの妹なら、一人前にしてやらなくちゃあならない」

おれんが応《こた》える。夜の食事もとうに済んで、五つ（八時頃）になろうとしている時刻だった。

「ふうん、そうかい。だがその八之助という人は、確かな人なんだろうな」

「あたりまえじゃないか。知りもしないで、ふざけたことをお言いじゃないよ」

「おお怖い」

おどけてみせる郷太は、おれんより四つ年上の髪結だが、蔵前の岡っ引き甚五郎の手先も務めている。贋金《にせがね》作りの仲間で蔦次という男を追っているうちに、お松やおれんと知り合った。

「蔦次の野郎、近頃ちっとも顔を見せやがらねえ。どう考えても江戸にいるとは思えないね。仇《あだ》を取ってやりてえんだけどさ」

「逃げたのかね」

「だろうな。しかし、江戸にいられなくなったのは、お松さんたちにも関わりのねえことではないんでね、狙われるんじゃねえかと案じていたんだが」

お松とおれんを殺し損ねたお蔭《かげ》で、蔦次はそれまでの隠れ家にしていた住まいを出なければならないはめに陥っている。恨みがないとは言えない。そのためか郷太は、用心棒を兼ねるという名目で、三日にあげずこの小柳町の家に顔を見せていた。

また郷太には、お松が怪我をしたことについて、かなりの負い目を感じている気配があった。蔦次の様子を見ているつもりで泳がせていたのだが、その隙に事は起こってしまった。がさつで、品のある男とはとても見えないが、生真面目な部分があるのは確かだった。

それに、おれんはもう一つお松にも話していないが、郷太がひそかに自分を好いているらしいということを、感じはじめている。証《あかし》はないが、それは女の勘だった。だが自分には、島流しになっているとはいえ、弥吉がいる。だから知らんぷりをしているが……。

郷太が自分をどう思おうと、それで弥吉への恋情が揺らぐことはない。ただそういう男の心を察して、不快だとか迷惑だとかは感じない。初めて会った時は嫌な男だと感じたが、今はそういう気持ちはなくなっている。

数日顔を見ないと気になる。

「野郎、今度面《つら》を見せたらただじゃおかねえから」

郷太は、女所帯の心細い部分を補ってくれていて、おれんやお松には、助かることが多かった。

「まあ、その妹と仲良くやってもらおうか」

じゃあまた来ると、郷太は帰って行った。おれんは、髪結になれと言われて弾かれたようにうなずいたお房の顔を思い浮かべた。

三

翌朝、雨が降った。冷たい雨だった。

八丈も同じような雨が降っているのかと、おれんは鉛色の空を見上げる。綿入れの半纏《はんてん》を縫って、着させてやりたい。しかし縫うことはできても、届けるすべがおれんにはなかった。

「どうかこの冬を乗り越えてほしい」

そう願わずにはいられなかった。

その日、お房は風呂敷《ふろしき》包みを一つ抱えて、小柳町の家にやって来た。朝も、まだ早いうちである。傘を持つ手と鼻の頭が真っ赤だった。

おれんは泥水のついたお房の足を、湯で洗ってやった。冷え切った足だった。洗ってやっている間中、困ったような顔をして、ごめんなさいと何度も詫びた。

「じゃあ、いい子にしているんだぞ」

連れてきた八之助は、履物を脱ぐこともなく、お房に声をかける。くれぐれもよろしく、何かあったら知らせてくれと、それだけを言うと帰っていった。

朝のごはんは、と聞くと済ませてきたと答える。まだ夜が明け切らぬうちに、家を出てきたらしかった。おれんたちは、ちょうど朝の食事をしようとしていたところだったので、済ませてしまうことにする。

お房は、二人が食べている間はじっと座っていた。だが食べ終ると、素早く動いて膳《ぜん》から椀《わん》を取り、洗おうとする。

とっさには、おれんはお房が何をしようとしたのか分からなかった。

「いいんだよ、そんなことしなくったって」

慌てて言った。

「でも、これくらいは、おっかさんが病で寝ていたときはしてたから。それに、大家さんにも、手伝いは何でもしなくちゃいけないって言われているし」

手に持った椀を離さない。

「何を言ってるんだい。あんたはここへ、下働きに来たわけじゃないんだよ」

そう言うと、俯いた。そして、ごめんなさいと呟く。

その声を聞いて、おれんはこの七歳の小さな体の女の子が、改めて不憫《ふびん》に思えてきた。これまで、どのような暮らしをしてきたのか。

腹違いの姉妹とはいっても、これまで一度も顔を合わせたことがない。それなら、子供だって気を遣うだろう。

「よし、じゃあ一緒に洗おうか」

明るく言うと、初めてお房の顔に笑みが浮かんだ。

「うん」

背を並べて椀を洗う。おれんがわざと腰をぶつけてやると、お房はうふと笑った。

雨の中を、おれんとお松は仕事に出た。

留守番だと言うと、お房はひどく不安げな顔をした。

正午頃、おれんが家に戻ってくると、お房は傘をさして庭に出ていた。鉢植の植木を眺めているのだった。人の気配に、一瞬驚きと恐れの表情を示したが、おれんだと分かるとほっとした顔になった。

植木はみな雨に濡《ぬ》れていた。唯一赤い色をつけ始めている藪柑子の実が、鮮やかに見えた。お房は、この実を見詰めていた。

「藪柑子はね、夏になると葉の陰に小さい白い花をこっそりと咲かせる。それだけ見ればとてもきれいだけれど、その頃は派手な花がたくさん咲くから、あまり目立たない」

「…………」

「でも冬になって、他の花が散り尽くした後に、実はこんなにはっきりと色付いてくる。まるでさ、じっと辛抱していたみたいにね」

前に、お松に話してもらったことがあったのを思い出して、おれんは言った。お房には意味が分からないかもしれないと考えたが、それならそれでよかった。

お房はおずおずと手を伸ばして、赤い実に触れた。滴が指先を濡らした。

「ねえ、お房ちゃんのおっかさんって、どんな人」

何気なく聞いていた。

「おっかさんは……」

お房は消え入りそうな声で言いかけたが、語尾がしぼんでしまった。目に涙の膜ができている。

そうだ、この子の母親は死んでまだ間もないのだと、おれんは思い出した。

「さあ、根深の雑炊でも作ろうか。朝が早くて腹がすいただろう」

おれんは気持ちを変えるように言った。

竈《かまど》に載せた鍋《なべ》から、湯気が上がり始めた。

外に人の気配があるのを、初めに気付いたのはお房だ。二人の足音だったので誰かと思ったのだが、お松と定七《さだしち》という近くの平永町《ひらながちょう》にある蠟燭屋《ろうそくや》の番頭だった。お松はその蠟燭屋の老婆の髪を結いに出かけていたのである。

「お松さんの様子が、あまり良くないようなんで」

定七は持っていたびんだらいを、おれんに手渡す。お松はお房に向かってわずかに笑いかけたが、額にうっすらと脂汗が浮いていて、しきりに生唾《なまつば》を飲み込んでいた。激しい発作が起きる、前兆だった。

季節の変わり目や、気候が不順になると必ずといってよいほど、この症状は起こった。おれんは手早く床を敷き、寝かしつける。茶碗《ちゃわん》にぬるい湯を入れて運んでやった。

「定七さん、今日は本当にありがとう」

湯を一口飲んでから、お松は土間に立ったままでいた定七に言った。

「あっ、いや」

定七は、どぎまぎした顔で返事をした。顔がいくぶん赤くなっている。決して繁盛しているとは言えない蠟燭屋で、気は弱いが誠実さだけを売り物のようにして働いている男である。

「お松さん……。じゃあ、お大事に」

何か言おうとしたらしかったが、定七はそれだけで出ていった。

「あの人、もしかしたら松姉ちゃんに気があるのかも知れないね」

おれんは、ふっと気になって言った。確か定七は二十四、五の歳で一人身のはずだった。

「さあ、どうだか。ただ、行くと何くれとなく親切にはしてくれているんだよ」

「ふうーん」

もし、お松と所帯を持ってくれるならば、ありがたいとおれんは思った。風采《ふうさい》のあがらない男ではあったが、病持ちのお松を大事にしてくれるのではないか。

だが、残念なことにお松は定七には好意以上のものは感じていないようだった。

病んでから、妹ながら時おりどきっとした美しさと落ち着きを感ずることがある。

しかしそれは、好いた男ができたというような、そのての性質のものでないのは、共に暮らしていてよく分かっていた。

雨の音が、いつの間にかやんでいた。

おれんはふっと弥吉のことを考えた。八丈に流されている以上、とうてい会うことは叶《かな》わないが、たとえいつまででも待っていようと覚悟を決めている。

しかし期限もなくただ待つことには、苛立《いらだ》たしさと寂しさが意識をしなくてもすり寄ってくる。島流しになった者が、戻れるという保証もない。

大半は島で朽ちると聞いた。

体のどこかに、すうすうと隙間風が流れているような思いに、させられるのだった。

その夜お松は、やはり発作に襲われた。息を吸うことができにくくなっている。喉笛《のどぶえ》が絶え間なく鳴った。

それを耳にしていると、いたたまれない気持ちになった。

医者から貰《もら》っている薬を飲ませたが、まるで効き目はない。おれんもお房も、発作の収まるまで眠りにつくことはできなかった。

四

朝、おれんが目覚めて戸を開けると、庭に霜柱が出来ていた。冷たい風がいきなり顔に当たって、それで起き切っていなかった頭の中がすっきりとした。

おれんが縁先に立って外を見ていると、お房も顔を覗《のぞ》かせた。お松は、まだ眠っているようだった。

「ゆうべは、さぞ驚いただろうね」

昨夜お房は、お松の背をいいと言うまでさすっていた。

お松は、しかしいったん発作が収まると、いつもと変わりない暮らしが出来るのだった。お房を交えた三人の日々が始まった。

八之助の言った通り、お房は気持ちのはっきりした働き者で、当初感じた違和感は徐々に薄れていった。あれから毎日のようにお松の様子を見に来る定七にも、懐いて話をした。ただやや気の荒いところのある郷太には、あまり馴染まなかった。恐れに近いものを感じているのかもしれなかった。

暇ができると、おれんとお松は、髪の梳《す》き方を教えてやった。

神田岩本町《いわもとちょう》の小間物屋で、おれんが女房の髪を結っていると、三味線師匠のおえいの噂話が出た。

髷《まげ》に黒繻子を巻いてから、一度だけ髪を結い直しにおえいの家に行っていた。お弟子の数は、あれから増えた様子もなく暮らしに変わりはないらしい。

小間物屋の女房は、噂好きのおしゃべりである。おえいの実家岩城屋が繁盛しているのが、同業として気に入らないという気持ちもあるようだった。

「まったく、しょうもない女だよねえ。さんざん好きかってに暮らしてさ。岩城屋さんじゃあ、どんな育て方をしたか知らないけれど」

三十代半ばのこの女房は、気持ちが高ぶると時おり顔を上げておれんを見上げるので、髪が結いにくい。

「別れた亭主の喜助てえのも、いくら店の使用人上がりだっていったって、いくじがない。まるっきり相手にされていなかったんだから」

「どんなふうにですか」

「それよ。なにが気に食わないんだか、一度嫌になると棒の先で触るのも嫌というやつらしくてね。喜助には肌も触れさせなかったとか。一人身のおれんちゃんには、分かりにくい話かね」

にやっと笑った。

「いえ。でもどうして、そんなこと分かるんですか」

「喜助がしきりに女郎買いに走っているのが、そのせいだろうってもっぱらの噂だよ」

「…………」

「岩城屋の跡取りのおえいの兄は、今度のことをいいしおにして妹を追い出したんだけど。親が甘いよねえ。本所のどこかで常磐津《ときわず》の師匠をやらせているらしいよ」

「そうですか」

おれんは、本所に移ったことは知らなかったふりをした。

「おえいの母親は後妻でね、元は囲い者だった。本妻が死んで店に入り込んだわけだけど、娘のいなかった家だから、主人が猫っ可愛がりでさ。見ちゃいらんなかったね。だから、あんな女が出来上がったんだよ」

これまでも、おえいについて度々聞いたことのある話だが、若干の尾ひれがついているにしろ、作り物の話ではないのはおれんにも分かっていた。ふざけた女だと後ろ指をさされ、神田近辺では暮らせなくなった理由もよく分かる。

だが、おれんは腑《ふ》に落ちないのだった。二人きりで髪を結っているときは、おえいという女が、どうしても評判のような酷《ひど》い女には感じられないのだ。

「金遣いも荒いようだから、これまで頭の上がらなかった亭主にしてみれば、間男を作ってくれてほっとしたことだろうね。これで、自分の落ち度ではなくて別れる……。もっとも男ができたのは、これが初めてじゃないようだけどさ」

おれんは、喜助というおえいの亭主だった男の顔を思い浮かべた。離縁した後も、主人一家の縁者という扱いを受けて岩城屋で番頭をしている。けれどもおれんには、腰が低く口のうまい男というだけで、他に取り柄があるようには感じられなかった。

自分だって、とうてい好きになれる男ではないと腹のうちで呟いて、おれんはほっとした。間男を作ったというのに、自分はおえいをふしだらな女だと感じていないことに、驚いたのだ。むしろ不憫に思う気持ちさえ、胸に湧いていた。

いったいこれは、どういう風の吹き回しなのだろう。

しきりに考えたのだが、おれんには分からない。もう一軒、得意先を回ってから小柳町の家に向かっても、自分の心持ちに合点がいかなかった。

もうじき師走《しわす》になるという時期で、町には何処となく忙《せわ》しなさが感じられるようになっていた。西日が表通り全体に差していて、荷車の行き交う音が響いていた。

家のある路地に入って、おれんはふっと立ち止まった。どこかから魚を焼くにおいがしてきていたのだが、そのために立ち止まったわけではない。

若い男が一人、垣根の外からおれんの家の中を覗いているのである。見覚えのない顔だった。身に着けている物の様子から、堅気の男には感じられなかった。

「あんた、何してるんだい」

声に出してしまってから、おれんの胸に恐怖が湧いた。

男は振り向くと、見つめ返した。ふてぶてしさがあったが、言葉は出さなかった。そのままゆっくりと歩いて、路地を出て行く。

姿が見えなくなると、おれんは足早に家に入った。家にはお松とお房、それに郷太が来ていた。

「どうしたんだ、青い顔をして」

郷太が言った。

「きみの悪いのが、家を覗いていたんだよ」

その時になって、おれんは今の男が贋金作りの蔦次の手先なのかも知れないと考えた。

「見てこよう」

郷太も、同じことを考えたらしかった。目付きを変えて出ていったが、それらしい男の姿は見掛けられなかったようだった。

「これからは、ちょいと気をつけようじゃねえか。おれんさんの思い過ごしならいいが、もし本当に蔦次の差し金ならば、ひでえことをしやがるかもしれねえ」

お房が、びくっと体を震わせて、おれんの手を握った。

五

二、三日すると、おれんは家を覗いていた男が、実は単なる通りすがりだっただけなのではないか、とも思い始めるようになった。
蔦次がこちらに恨みを持つことはあったとしても、一年以上も過ぎた今頃わざわざ襲いに来るだろうかと考えたのだ。来るならば、もうとっくに来ていていいはずである。

いざという時のためにお房を一旦八之助に返してはどうかと、お松と話し合った。だがつまらない思い違いで、精いっぱい馴染もうとしているお房に、戻れとは言いにくかった。

一応念のために、一人きりでは留守番をさせないようにし、おれんかお松のどちらかが仕事先まで連れて行くことにした。つまらぬとばっちりをかけては済まないし、それなら覚えたがっている仕事も実地で見物できる。

「まあ、可愛いお弟子さんじゃないか」

ほとんどの客の家では、お房は歓迎された。小さい体ながら骨惜しみすることなく動く子で、客の用事も厭《いと》わずに足した。

初めてお松に連れられて、客の家を回ったのはおれんが十二歳の時だったが、その頃の自分と比べて、役の立ちようがそれほど違わないのではないかと思われた。

本所のおえいの家にも、連れて行った。いよいよ師走の声を聞いて、今にも雪の降りそうな風の冷たい午後の曇り空だった。

「さあ、お食べなさいな」

おえいは、汁粉をわざわざ取り寄せてくれた。食べさせながら、あれこれと尋ねた。好きな食べ物、好きな遊び、おれんとの暮らし、髪結になりたい理由。しかし、親のことは一切話題にしなかった。腹違いの妹だというおれんの話を、それ以上聞き質《ただ》さなかったのと同じだった。

お房は、女の子ながら口は重い方である。おえいの問いに、慎重に考えながら短い言葉で答えていった。そのたびにおえいの顔を見上げ、思案する表情には愛らしいものがあった。

「髪結は、女が一人でだって食べていけるから。男の人は、いい人もいるけど怖い人もいるから」

ぼそりと言った。

聞きようによっては、こましゃくれた生意気な言いようだった。だが不快感はなかった。おれんは、お房という子供がこれまで過ごしてきた暮らしのかけらを、かいま見たように感じた。

「そうね、男なんてあてになりやしない。さあもう一つ、お食べなさいな」

食べ終えたお房に、おえいはまだ手を付けていなかった己の分を与えた。顔から笑みが消えていない。この子を、気に入ったようだった。

おれんは髪を結い終え、出された茶を飲んだ。極上の茶だった。

「私って、男運が悪くてさ。今度こそ今度こそって願うんだけど、とうとうだめだった」

何を言っているのかと、おれんは思った。おえいの周りには、いつも男のにおいがあった。間男がばれたのは、どうにもならない場面を人に見られてしまったからだ。おえいはそれまで、巧みに事実を隠していたはずである。

「おとっつぁんみたいに、なんでも願いを叶えてくれる人なんていやしない。つくづく分かった」

おえいは、ため息混じりにつぶやいていた。だから黒繻子なのかとおれんは考えたが、言葉には出さなかった。

部屋に置かれた火鉢には、赤々と炭が熾《おこ》っている。風の強い外へ出しぶっているうちに、辺りは薄暗くなっていた。

「いつでも遊びにいらっしゃい」

おえいに言われて家を出た頃は、すでに日が落ちかかっていて、じきに暮六つ（六時頃）の鐘が鳴った。竪川《たてかわ》から吹き上げてくる風は冷たく、おれんとお房は足早に歩いた。

両国橋を渡り、内神田の家並みに入った。風が土埃《つちぼこり》をあげて吹き過ぎて行くが、人通りは少ない。家々から、おぼろげな明かりが漏れて来るばかりだ。

小柳町が見えた。それまで黙りがちに歩いていた二人だが、いくらかほっとして顔を見合わせた。家への暗い路地に入った。明かりはおえいに持たせてもらった提灯《ちょうちん》一つだが、勝手の知れた道である。

だが……。狭い路地に、何かが置かれて塞《ふさ》がっていた。提灯をかざして見てみると、荷車が藁筵《わらむしろ》に包んだ荷を載せて止めてある。

「さあ、気を付けて」

「うん」

お房が返事をして通り過ぎようとしたときである。その荷車の後ろから、黒い影が飛び出してきた。瞬時のことだった。

おれんは、とっさにお房を抱き留める。体ごと横へかわして地べたへ倒れた。肩先に、熱いものがかすって過ぎた。

振り返って見上げると、闇の中に男が立っていた。匕首《あいくち》を持っているのが、燃え上がる提灯の炎で分かった。

男は匕首を持ち直すと、蹲《うずくま》るおれんにじりと近寄った。

お房が小さな悲鳴を上げた。おれんは抱いている腕に力を入れた。

「助けとくれー」

ねばつく喉を、無理やりこじ開けておれんは声を出した。それで恐れが、ほんの少し紛れた。二度目に出した声は、かなり高いものになった。

狭い路地での出来事である。それで男が、怯《ひる》んだのが分かった。

辺りの家からざわめきが聞こえる。外へ飛び出した者もいた。

「ちくしょう」

男は舌打ちをすると、二、三歩後ずさりした。そして匕首を懐に入れ、そのまま通りの向こうへ走っていった。

「おれんちゃん」

真っ先に、外に出てきたのはお松だった。おれんはお松の顔を見たとき、初めて自分が腰を抜かしていたことに気付いた。

「蔦次だね」

きりっとした目で、お松が言った。顔面が蒼《あお》く見える。言われるまでもなく、命を狙ってくる相手がいるとすれば、蔦次しかいなかった。

闇に蹲って、二人が通るのを待ち伏せていたものと思われた。恐るべき執念深さだと、身震いが出た。

「あっ」

お房が、声を上げた。おれんの肩に手をあてる。小さな手に血がついていて、お房は体を震わせた。

先ほどの、肩先をかすった熱さの正体だった。出てきた近所の人たちに助け起こされて、おれんは家に入った。

翌日昼過ぎ、噂を聞いた定七がおれんの見舞いに来た。見事な寒鰤《かんぶり》を、手土産に持ってきてくれていた。

「脂が乗っている。これを食べれば、すぐに元気になりますよ」

定七は、お松の顔を見て言った。

おれんの肩の傷は、幸い浅手だった。数日すれば、跡形もなく消えてしまいそうな程度のものである。ただついに蔦次が襲ってきたという、心にできた傷跡の方が重く残った。

「この辺りの岡っ引きの親分さんにもよく話しておいて、見回りをちゃんとしてもらいましょう。近所の人だって、何かあればすぐ騒ぎます。気を確かに持って」

定七の言い分は一応もっともだが、あまり慰めにはならなかった。今回はたまたま家の近くだったが、自分にしてもお松にしても廻《まわ》り髪結である。呼ばれればどこへでも行かねばならないし、遅くなることだってあるのだ。

それに、お房の様子がおかしくなっていた。家の付近で、ことりと音がするだけで怖がるのである。その怯《おび》え方は尋常ではない。

「昼間のうちから、誰も襲って来はしないよ」

おれんがそう話してやっても、体を固くして、目だけがせわしなく揺れた。おれんの着物の袂を握ったまま、しばらくは動くことが出来なかった。

七歳の子が、おれんと共に襲われる場にいて、血を見た。考えてみれば当然だ。自分の恐怖もさることながら、この子供が哀れだった。やはり八之助のもとが、一番安全なのではないかと思われた。

六

おえいが、定七と入れ違いにやって来た。

「じゃあ昨日あれから、そんなことに。まあ、なんてことだろう」

ゆうべの出来事については、なにも知らなかったようだ。八ツ小路の近くに用があって、そのついでに寄っただけだとかで、おれんの怪我にひどく驚いた様子である。

お房に食べさせようとしたらしい、餅《もち》菓子の包みを持っていた。

「また、狙われることがあるのかねえ」

一年前、贋金作りの一味の一人にお松が両国橋から落とされ、おれんが刺されかけたことを、馴染み客のおえいは知っていた。

「贋金作りを追っている岡っ引きの親分や、威勢のいい手先がいたけど、まだ捕まえられないのかねえ。なにやら頼りない」

「ええ、そう言われれば本当に」

おれんは、郷太の顔を思い浮かべた。この一年、三日にあげず気遣って顔を出し、女所帯の心細い部分を補ってもらってきている。けれども、早くに蔦次を捕まえてさえくれれば、こんな恐ろしい思いはしないで済むのだった。

自分が、どれほど不安な思いでいるか。それなのに郷太は、今日はまだ姿も見せないでいる。

早く来てほしい……。

そう考えて、おれんははっとした。恋しいわけではないが、頼りにしている。八丈へ島流しになっている、弥吉のことが頭に浮かんだ。

弥吉は、何があっても自分のために助けに来ることはできない。けれども永遠に江戸へ戻ることができない身と決まったわけではなかった。戻った折には、所帯を持とうと決めている。

「郷太を、あまり頼ってはいけない」

と、おれんは胸の内で呟いた。

「それでねえ、おえいさん」

お松が、おれんやお房にも聞かせるように声を出した。

「このさい、せっかく仲良くなったお房ちゃんなんだけど、しばらく八之助さんのところへ戻ってもらったらどうかって」

「うん、それは私も考えていた」

おれんも同意見だった。お房を危険な目に遭わせたくない気持ちはもちろん強かったが、いればこちらも動きにくくなるという思いもあった。ほとぼりが冷めてから、また一緒に暮らせば済むことなのである。

「でも……」

お房が、体を固くした。怯えた顔である。

「あたし、あそこへは戻れない。だってあたしのいるところ、ないもの」

微《かす》かな、聞き取りにくい声だった。どうしたらよいのか、途方に暮れた声の響きだ。

「それならさあ、私が預かろうか。うちなら何も案ずることはないし」

お房に、どう答えたものかと考えていると、おえいが言った。顔が上気しているようにいくぶん赤い。

「前からね、妹が欲しいって思っていたの。ほとぼりが冷めるまで、そんなまね事をさせてもらえるなら、してもいいかなって」

「そりゃあ、こっちにはありがたいことだけど」

蔦次は、お房をどうこうするつもりはない。お松とおれんの命を狙っているだけだ。

おれんは、おえいの黒繻子の髪巻きを見た。二十歳代の女なら、後家以外は巻かない布だった。その布を自ら進んで巻こうというのには、どのような考えがあるのか。あれこれと詮索《せんさく》したものである。

もし人知れず、好いた男と秘密の時を持つのを、ごまかすための道具として使っていたのなら、お房を預かるなどはしないはずだった。

「何も気にすることはないよ、気楽な女の一人暮らしなんだから。手伝いの婆さんが、通いで来るきりさ」

おえいにじっと見つめられたお房は、初めしばらく見返していた。だが、すぐに視線をお松に向け、そしておれんを上目に見た。おれんが見詰め返すと、お房は視線を畳の縁《へり》にそらした。

「お房ちゃんを、おえいさんに預かってもらえるならば、私たちには心丈夫《こころじょうぶ》だ。こちらには、郷太さんがついている。案ずることはないさ」

「そうだよ、一緒に行こう」

おえいが小さな手を取ると、お房はそのままにさせていた。お松とおれんを見て、目に涙をためた。

善は急げだと、おえいがそのまま連れて行くことになった。

「一人きりで行くのは心細いだろうから、私たちが行くかわりに何かあげよう。ほしいものはないかい」

お松がそう言うと、来たときの風呂敷包みを抱えて、お房は藪柑子の鉢を指差した。赤い実が、葉の陰から覗いている。

「持って行きな、じっと辛抱していれば、あんたにもきっと赤い実が稔《みの》るからさ」

お房は庭に出ると、しばらく見詰めたあと鉢植に手を伸ばした。

「しかし、それにしてもおかしくはねえかい」

郷太が、一応の話を聞いた後で言った。

「おかしいって、何がさ」

おれんが苛々《いらいら》しながら待っていた郷太だが、ようやく姿を現わしたのはその日の日暮れも間近い刻限だった。早朝から出かけていたとかで、おれんの厄難についてはまったく気付かずにいたのだ。

「だってそうだろう。おれんさんに恨みを持って、蔦次が襲うのは、これまでも考えていたことさ。だけどよ、その恨みの量は、お松さんに対してだって同じはずだぜ」

「そうさ。それがどうしたっていうのさ」

長い間、ほっておかれたという思いがあって、おれんは邪険な言い方になった。寒い外からやってきて、まだ手元にある火鉢に手をあてろとも言っていない。

「だからさ、それならわざわざ寒い夜おれんさんを待っていないで、どうして一人でいたお松さんを狙わなかったのかということさ」

そういえばそうだと、おれんも気がついた。

「それなら、ひょっとしてお房ちゃんを狙ったってことなのかね」

お松が、膝を乗り出して言った。

「さあ、それは何とも言えねえが。ないとは言えねえだろうぜ」

「でもあの子は親なしで、しかも七つだよ。大の大人に狙われるほどの恨みをどうやって買うんだい」

おれんが、また突き放す言い方をした。

「そりゃあそうだが、あの子のおっかさんに何かがあったのかもしれない。連れてきた大家ってえ男が、肝心なことを話していないのかもしれない」

「あんた、なに言ってるんだい。八之助さんは、亡くなったおとっつぁんの兄弟分だった人だよ。その人がどんな隠し事をするっていうんだよ」

後から来て、勝手なことを言っていると腹が立った。

おれんの声が大きくなって、郷太は首をすくめる。火鉢の炭が、ちちっと火の粉を散らしてはぜた。気がつくと、辺りはすっかり薄暗くなっていた。

七

「お房ちゃんたら、おえいさんのところで、とても可愛がられているようだよ」

本所松坂町《まつざかちょう》に馴染みの客があって行ったその帰り道、お松はついでに、隣町の相生町にあるおえいの家に寄ってきたという。

朝から乾いた風が吹いていた。師走の慌ただしさが、裏道を通る足音にも響いて来るようになった。

おれんの肩の傷がだいぶ良くなっていると、二日続きで診《み》てもらった医者に言われた直後である。傷は日ごとに治っていくが、斬りかかられた傷である。少しでも痛みを感じるたびに、それが胸のうちの不安や恐れにちくりちくりと触れてきた。

「赤い袷《あわせ》なんて買ってもらってさ、暖かい部屋で縫い物の真似事みたいなことをしていた。おえいさんが、手をとって教えて」

もし郷太が言ったように、お房の母親がらみの悶着《もんちゃく》ならば、小柳町のこの家は、すでに安全だとはいえない。探り出されたことになる。おえいの家でうまくいっているならば、とうぶんは預かってもらうほうが危険から逃れられるはずだった。

早急に品川宿へ行って、八之助から詳しい事情を聞き出さなければならないと、おれんは思った。

「でも、外を歩いていて、怪しい人はいなかったの」

熱い茶をいれてやる。外はよほど冷えたのか、火鉢に体を寄せたお松の鼻の頭が、赤くなっていた。

「うん、明るいうち、人の通りの多いところしか通らないからだいじょうぶ」

狙われているという思いがあるから、万事に臆病《おくびょう》になっていた。昼間はともかく、夜は怖いので、郷太が泊まりに来てくれるのをあてにしていた。向こうから言い出したことでもあり、仕方がなくという体裁をとってはいたが、一安心だった。

二間の奥の部屋にお松とおれんが寝て、土間に近い部屋で郷太が横になった。酒飲みの上に鼾《いびき》がうるさいので、腹の立つこともある。けれども心強い用心棒であるのは確かだった。

「それでねえ、私が行った本所のお客さんがさ、おえいさんのことを噂してたの」

「どうせ、また悪い噂なんでしょ。男にだらしない、ちゃらんぽらんな女だって」

「それがさ、これまでと違うんだよ」

茶碗をふうふうして、飲み終える。ひと息ついて、お松は座り直した。鼻の頭の赤みが消えていた。

「あの界隈《かいわい》じゃあ、人当たりがよく身持ちの固い、近頃じゃ珍しい三味線の師匠だっていう話なんだから」

「ほんとうに」

「そうさ、私も驚いたけどね。おえいさんはあの通りの器量だから、近くの物持ちのお爺《じい》さんや若旦那が目の色かえて集まるんじゃないかって思っていた。だけどおえいさんは、男の弟子は一切とらないんだって。それに間男騒ぎについては、本所辺りではまったく知られていないからね」

「じゃあ、あの黒繻子の髪巻きは」

「そう、その話が出てさ。あれは本当に男とは縁を持たないっていう、そういう気持ちを形にしたんじゃないかって話なんだよ」

おえいの相手は、京橋にある大店の三男坊だった。遊びが過ぎて、勘当された身の上の男である。その男とは以後一度も関わりを持っていないらしい。

熱しやすくて冷めやすい尻軽《しりがる》女。前の土地では悪口の種になったが、あれ以来男の噂はぷっつりとなくなっている。

離縁されてから、おえいにはゆったりとした、満ち足りた女の美しさが出てきたとおれんは感じていた。

それは、隠れた愛《いと》しい男がいるからではないかと考えたことがあったが、どうも思い違いだったらしい。預かったお房を、実の妹のようにして片時も離さず慈しんでいるのが、その証なのではないか。

「もしかしたら、おえいさんは……」

ふっと、お松は言い淀《よど》んだ。

うか。

「嫌いって……」

「だから、いないほうが暮らしやすい。嫌だってことだよ」

お松の言った意味が、おれんにはよく分からなかった。女が男を、まったく必要としない。いや、いないほうがいいというように感じることが、本当にあるのだろうか。

どこかから、犬の遠吠《とおぼ》えが聞こえた。その声を覆い隠すように、子供たちの叫び声があって、ばらばらと走り過ぎる音がした。

「おれんちゃんには、ちょっと分からないかも知れないけれどさ」

お松は、びんだらいの小さな引き出しを一つ一つ開けて、中の道具をていねいに拭《ふ》き始めた。使い込んだ黄楊《つげ》の櫛は、飴《あめ》色の光沢を見せている。

「私も、男の人は今さら欲しくないと思うようになってきた。もちろんそう思うようになったわけは違うだろうけど、分かる気がするのさ」

「えっ」

はっとして、お松の顔を見た。何気ない言い方だったので、かえっておれんの心に残った。お松は、好いた男に他の女と心中をされた過去を持っている。

両国橋から落されてから、お松は胸を壊し喘息《ぜんそく》になった。けれども、気弱になる部分もないではないが、何かが吹っ切れたように、細かいことにこだわらない穏やかな一面を持つようになっていたのである。

おれんにしてみれば、腑に落ちないことだった。しかし今のお松の表情が、髪を結われている時のゆったりとしたおえいの表情と、繫《つな》がっているように感じられる。

「男なんてあてになりやしない」

いつか、おえいのそういう言葉を聞いたことがあった。

実感としては、おれんにはとうてい分からない。分からないが、お松とおえいには、男というものに対する似通った何かがあるのではないかと、それだけは感じた。

「おえいさんはね、そりゃあもうお房ちゃんを気に入ったようなのさ。だから、よかった」

お松は、拭きかけていた櫛に、はっと息を吹きかける。じっと見詰めてから、もう一度丹念に拭いた。

八

それからまだ四半刻《しはんとき》（約三十分）もしない頃である。お松がすべての道具を拭き終え、ようやくびんだらいにそれらを片付けた時だった。郷太が、息を切らせて走り込んで来た。

気の早い冬の日差しが、今しも傾こうとしていた。

「おい、とんでもないことが分かったぜ」

家の中にいても、つい火鉢の傍に寄りたくなってしまうほどなのに、郷太は額に汗をかいていた。

「あのお房ってえ娘は、船頭の栄造さんの子じゃあねえぜ」

「なんだって……」

「だからよ、あんたらの妹じゃねえということさ。八之助に、いっぺえ食わされたってわけだ」

郷太の目顔には、嘘だろうとは言えない真剣なものが混じっていた。けれどもにわかにできた妹に対して、戸惑いはあっても、確かな情のようなものは芽ばえてきていたと感じていたやさきである。

「いったい、どういうことなんだよ」

「ようするによ、二日前におれんさんとあの子が狙われたわけを洗ってみたわけさ。あれをやったのは、蔦次じゃねえ。とすると、やっぱりあの子の母親に何かがあったと考えなくちゃあならねえ」

それで郷太は、品川宿へ行って来たのだ。おれんも、明日には行ってみようと思っていたところである。

「八之助は、おれんさんが襲われたことを知って、驚いた様子だった。済まないと、本当のことを白状したぜ」

「じゃあ、お房ちゃんのおっかさんは……」

「お町ってえ女は、あの辺の地回りの女房さ」

「地回りの女房だって」

「亭主は吉平《きっぺい》ってえ男で、年は三十ちょい前とか」

品川宿は、江戸への入り口であると共に出口でもあった。人や産物の往来だけでなく、街道筋の様々な商いで活気に満ちた町だ。

この町に、相対する二つの地回りの勢力があった。吉平は元は版木彫りの職人だったが、博奕《ばくち》で身を持ち崩してからはその一方の地回りの手下になった。普段は小心な、取り立ててどうということもない男だったそうだが、かっとなると何をしでかすか分からないところがあった。

吉平は、この一月《ひとつき》ばかり前に、金のために仲間を裏切っていた。あげくに、それまで出入りしていた地回り一味の若親分を、刺して逃げたのである。

息子を殺された親分は、激怒した。どぶ板を剝《は》がすように念入りに吉平を探しているが、まだ捕まらない。子分たちは、目の色を変えて走り回っていた。

そしてそんなおりもおり、お町が絞殺死体になって発見された。誰の犯行かを示すものは何処にもなかったが、報復だというのは明らかだった。

「子供を捕らえろ。それをだしにして、吉平を誘《おび》き出すんだ」

そういう命が出ていることが、一味の者からもたらされた。吉平は子煩悩だったことで知られている。また親分は執念深い男で、殺された若親分の他には息子はいなかった。

大家の八之助は、吉平が逃げた時点で、お房をしばらくのつもりで秘《ひそ》かに匿《かくま》っていたのだが、品川宿にいては子供の安全を守ることはできないと悟った。

「それであの子を、ここへ隠すつもりで連れてきたわけなんだね」

おれんは、初めて家にやって来た時のお房の姿を、思い出した。緊張で体がそれと分かるくらいに震えていたが、あれには恐怖も混じっていたのだと気がついた。七歳の娘が、そういう虞《おそれ》を背負って一緒に暮らしていた。そして、とうとうそのことを一言も口から漏らさなかった。

言ってはならぬと、八之助に厳しく口止めをされていたのだろう。だが、そのけなげさが胸にしみた。

「でもねえ、いくら大家は店子の親だって言ったって、八之助さんがどうしてそこまでするのかしら」

お松が言った。確かに、人にやるなり奉公に出すなりすれば、八之助の役目は終りなのである。あとはどうなろうと知ったことではない。

「いい子だったからだよ。だから八之助さんは、そのままにしておけなかったんだよ」

おれんはお房を連れて、客の家を廻った。ひたむきなお房の気持ちは、誰よりも分かっていたつもりである。

「そうかもしれねえな。あの子の殺されたおっかさんは、胃の腑を病んでいたようだ。手伝いなんかも、精いっぱいしたんだろうよ」

おれんの言葉を郷太が受けた。お房は七歳とは思えぬ、大人びたことをしようとする一面があった。

「それにしても、八之助はひでえじゃねえか。嘘ついて押しつけてよ」

「でもさ、そうだとすると……」

お松が、急に思案顔になった。郷太をじっと見詰める。

「おえいさんと、お房ちゃんはだいじょうぶだろうか。今日、昼過ぎに行った時は、どうということもなかったけれどさ」

「…………」

「二日前に襲われたのは、お房ちゃんが狙われたわけだよね。八之助さんは、充分注意してここへ連れて来たんだろうけど見付けられた。それなら、おえいさんのところへ行ったのだって、気付かれているんじゃないかねえ」

「うむ。それはあるかもしれねえな」

郷太の顔が、すっと厳しくなった。相手は、品川からわざわざこの神田小柳町までやって来て、命を狙ってきた。

「今すぐ、知らせに行ってやろう。場合によっては、あっちに泊まってやらなくてはならねえかもしれねえが」

郷太が立ち上がった。その横顔が、おれんには頼もしかった。

「ありがとう。私も一緒に行ってみる。何かあったら、おえいさんに申し訳がない」

二人で外に出た。すでに辺りは薄暗くなっていて、ちらほらと白いものが舞い始めていた。

九

おれんと郷太は、雪の降る道を本所相生町へと走った。両国橋を越える辺りで暮六つの鐘を聞いた。いく度も滑りそうになるのを、郷太が支えてくれた。

今日の昼頃に、お松が様子を見に行っている。別段異状はなかったので、無駄になることを願った上で走ったのだった。

日が暮れて、雪はしだいに積もってゆく。二人の雪を踏む足音が辺りに響いた。竪川沿いの道に、人影は少なかった。

おえいの家に、明かりが灯《とも》っていた。それを見て、おれんは安堵《あんど》の息を漏らした。自然に歩調が緩んで、息を整えた。足袋《たび》が、雪ですっかり濡れてしまっていたことに、その時ようやく気がついた。

家の戸を開け、建物に入ろうとした折もおりである。辺りを劈《つんざ》くような女の悲鳴が聞こえた。おえいのものである。

「どうした」

郷太が家に駆け上がり、おれんもそれに続いた。

開かれたままの襖《ふすま》の向こうの部屋を見て、おれんは息を呑み込んだ。荒らされた部屋の中に、おえいが倒れている。その傍らには、黒っぽい身なりで、手拭《てぬぐ》いで頰《ほお》被《かぶ》りをした男が二人立っていた。

その内の一人は、血の付いた匕首を手にしていた。

「この野郎」

郷太は袂から呼び子の笛を取り出すと、おれんに投げてよこした。そして懐から房のない十手を抜き取って、男たちに向かい合った。

おれんがその笛を吹いたのと、匕首を持った男が郷太に攻め掛かったのは、ほとんど同時だった。匕首の切っ先は、郷太の喉元を狙っていた。

郷太はそのまま前に出て、十手で匕首を弾いた。二人の体がぶつかり合った。

どしんと震動があって、郷太が匕首を握った男の手首を摑《つか》んでいた。そのまま手首を捩《ねじ》って匕首を畳に落とした。摑んだ手首は離さない。

「ううっ」

男が呻《うめ》いた。足をかけて倒そうとしたときに、もう一人いた男が、郷太の体に全身でぶち当たった。

「ずらかるんだ」

郷太の体が男から離れて弾き飛ばされると、二人の男は部屋から外へ走り出た。

おれんはその間も、呼び子の笛を吹くのをやめなかった。

「待ちやがれ」

壁に体をぶつけた郷太だが、素早く立ち上がると、男たちの後を追った。

おれんも外へ出た。雪の降る白い道を、男たちを追って行く郷太の後ろ姿が見えた。そして近隣から、呼び子の笛を聞いた男たちが次々に現れて、郷太に続いて走って行く姿が見えた。

おれんも追おうとしたが、部屋で倒れていたおえいのことの方が気になった。そういえばお房の姿も見かけない。

家の中に戻った。

「おえいさん。しっかりして」

おれんは、おえいの体を揺すった。濃い血のにおいがして、おえいの顔は土気色になっていた。下腹辺りを刺されている。

「ああ、おれんさん」

意識を戻したおえいが、微かな声を出した。聞き取りにくい声である。

「だいじょうぶだよ。すぐにお医者を呼ぶからね」

おれんが耳元で言うと、おえいは弱く首を振った。

「あ、あいつら。いきなり、やって来た。でも、お房ちゃんは、ま、守ったからね」

「えっ、どこにいるの」

そう問うと、おえいは血に濡れた人差し指を天井に向けた。屋根裏部屋に隠れているいると言いたいらしい。

「助けてくれたんだね。ありがとう」

おれんが言うと、苦しげに歪《ゆが》んだおえいの顔に小さな笑みが浮かんだ。

「あの子ったら。ほ、本気で、私に、馴染もうとしてくれた。嬉《うれ》しかった。み、身勝手な、男なんかよりも、ずっと……」

そこまで言ったところで、おえいの全身に、断末魔の痙攣《けいれん》が走った。

「おえいさん」

呼びかけた。だが痙攣が収まると、おえいの体から力が抜けて、それきり動かなくなった。

それでもおれんは、二度、三度と名を呼んだ。体を揺すってみた。しかしおえいの体は、されるがままだった。

深い悲しみが、おれんの胸を衝《つ》いた。滂沱《ぼうだ》たる涙が溢《あふ》れ出てきた。その涙を着物の袖《そで》で拭きながら、歯を食いしばった。

悲しみに溺《おぼ》れて、泣いている場合ではないと己を叱咤《しった》したのである。

立ち上がった。台所にある踏み台を使って、屋根裏部屋を覗いた。

「お房ちゃん」

声をかけると、小さな体がおれんの体にしがみついてきた。ぶるぶると震えている。あえぐように吸う息と歯ぎしりの間に、微かな泣き声が混じっていた。恐怖の時間の大きさが、体全体から迸《ほとばし》っているようだった。

「だいじょうぶだよ。もうだいじょうぶだから」

抱き下ろすと、強く背をさすってやった。しかし震えは、いっこうに止まる気配がなかった。

「あたしのために、おえいさんが……。おえいさんは、あたしを屋根裏部屋に隠してくれた」

「そうだね。命懸けで守ってくれたんだね」

どれほど抱き留めていたことだろう。おれんは、ふっと我に返った。気持ちが、だいぶ治まっている。部屋の中を恐る恐る見回した。隅に、血にまみれたおえいが横たわっていた。

結ってやった髪が、あらかた崩れていた。横の三味線にも血がついている。長火鉢を蹴飛《けと》ばした跡があって、載っていた土瓶が転がっていた。舞った灰かぐらが畳に落ちて、血らしきものがところどころに灰と交ざって染みを作っていた。行灯《あんどん》が倒れなかったのが不思議なくらいだった。

部屋が荒れているのは、郷太が賊と争ったからでもあるが、それだけではなかった。おえいは現れた賊に、ぎりぎりまでの抵抗を試みたのである。悲鳴を聞き、家に上がり込んだときの光景が、瞼《まぶた》に焼き付いていた。

おえいはお房を屋根裏に逃し、身をもってこの子を守ったのだ。

匕首を持って突然現れた賊に、そこまで出来た気丈さを、おれんは思った。隠されていた一面を見たとも感じたが、それほど意外ではなかった。

気分屋のわがままと噂されたが、それだけでないのは気付いていた。うつぶせになった、おえいの顔がわずかに窺《うかが》えた。その崩れた髪の中に、黒繻子の布切れが見えた。

するとにわかに、おれんの胸に込み上げてくるものがあった。身の内を、きりりと絞るような後悔だった。巻き添えを食わせてしまった。死ななくていい人を、その人の善意に頼ったまま厄難に遭わせてしまったのである。

「おえいさん」

改めて声に出して呼んでみた。崩れた髪は、それでも行灯の光を反射して、艶やかだった。

おえいの最期の言葉が、おれんの耳の奥に蘇《よみがえ》った。出会った身勝手な男たちよりも、お房のほうがずっと愛おしかった。そう言いたかったのに違いない。

お松は前に、おえいが男を必要としない女なのではないかと言ったことがある。そのときはまさかと思ったが、最期の言葉はそれを裏付けている気がした。

娘を溺愛《できあい》する父親の庇護《ひご》のもと、これまで思い通りに男をあしらって生きてきた。けれども心から愛しいと感じられる男とは、とうとう出会うことが出来なかったのかもしれない。

ひょっとして間男がばれたのは、おえいの仕組んだ芝居だったのではないか。そういう考えが浮かんだ。男を、身の回りからすっぱりと切り捨ててしまうために……

……。

男への想いをすべて打捨てたおえいは、むしろこれまでの重荷から解放されたように、美しくなった。だからこそ、命をかけてまで守ろうと思える幼い子供の存在を、愛おしいと感じることができたのではないか。

「おえいさん」

もう一度名を呼んでみる。すると、それまでしがみ付いていたお房が、おえいのむくろに振り向いた。顔がみるみる歪んでゆき、もう一度おれんの胸に顔を埋《うず》めた。

そして、だだをこねる赤子のように声を放って泣いた。

お房を腕で強く抱いてやりながら、おれんはおえいのむくろに胸の内で合掌した。

十

「お松さん、おれんさん。あんたたちには、本当にお世話になってしまった」

旅姿の八之助が、頭を下げて言った。まだ、夜は明けていない。

おれんは、夜なべ仕事で縫った手っ甲と脚絆《きゃはん》を、お房の小さな手と足に結びつけてやった。冬の旅である。綿入れも着せた。前から持っていた風呂敷包みは、肩に背負わせる。

お房は無言で、ただされるままになっていた。

四日前の雪の晩に、おえいが殺された。そのまま小柳町へ連れて帰ったが、翌日はぼうっとして思い出してはしくしくと泣き、食事も喉を通らなかった。このままいったならば、いつかは気の病で死んでしまうのではないかと案じたが、二日がたち三日が過ぎると気力を取り戻してくるようになった。

ただ、もともと明るい子ではなかったのだが、まったくというほど笑顔を見せない子になっていた。

明らかに、これまで以上に翳の深い様子になったが、お房は芯《しん》の強い質《たち》を持ってもいた。表情が大人びてきた。おれんやお松の言うことの呑み込みが、これまで以上に早くなった。

一度聞いただけで、要領を得た動きをするようになっていたのである。

「上総勝浦《かずさかつうら》まで連れて行きます。そこは私の生国で、兄夫婦がいます。あんたたちのように、お房を可愛がってくれるに違いない」

父親の吉平については、触れなかった。まだ捕らえられたとは聞かないが、逃げ切れるかどうかは分からない。逃げ切ったところで、父と娘が穏やかに暮らせるとは思えなかった。

品川宿も、おれんのいる神田やおえいのいた本所も、お房には悲しい思い出の場所となった。いっそそれらから遠く離れた場所で暮らす方が、お房のためになると考えたのであった。

おえい殺しの下手人も、捕まっていない。郷太と集まった捕り方が追ったのだが、逃げられてしまった。しかし賊を差し向けた黒幕は分かっていたので、役人による探索は進められていた。

動かぬ証拠が摑めれば、一挙に捕縛に向かう段取りはできているという話だった。

「でも、どうして私たちの妹だなんて、嘘を言ったんですか。正直に話したとしても、八之助さんの話なら黙って預かったのに」

お松が言った。おれんも、それについては聞き質したいところだった。

「そうですね」

八之助は微かに考える風をしたが、すぐに言葉を続けた。

「お松さんとおれんさんは、私の話を信じて下すった。ありがたかったが、おえいさんとやらが殺されてしまうなんて思いもしなかった。どうお詫びしたら良いのか分からないが」

言葉尻がふっと沈んだ。危険なことは充分承知していたが、そこまで向こうがやるとは、考えもしなかったらしかった。

「どうしたら償いになるのか、見当もつかないが、できることをしたいと思ってね」

八之助はすでに品川宿での大家の仕事を辞め、菩提寺《ぼだいじ》の寺男として、生涯を過ごす覚悟を決めていた。

「小さな墓を建てて、菩提を弔うつもりだよ」

おえいの遺体は、隠居の両親が引き取った。墓には分けてもらった遺髪を入れると付け足した。

そしてお房の話に戻った。

「お房の母親は、人には話したことがなかったが、死んだ女房の姪《めい》っ子でね。不憫なやつだった。元は版木彫りの逃げた亭主は、根は悪い男じゃなかったが気持ちの弱いやつでね。ずるずると、悪いやつらに引っ張られて。そしてとんでもないことをしでかしてしまった。お町は苦労したあげく、胃の腑を病んでしまった。おまけに殺されちまいやがって。かばい切ってやれなかった私も、弱かった」

「…………」

「お房は、そりゃあいい子だった。この歳で、おっかさんの面倒をよくみてね。いざとなったら、私が一人で育てるつもりでいた。あんたらのおとっつぁんのようにね。だが命を狙われちまった」

「…………」

「いっそあんたたちの、本当の妹にしてもらおうと思った。今はたいへんでも、髪結ならば女一人でも生きて行けるからね。人殺しの地回りの子として生きるより、あんたらの妹になるなら、何の不安も不満もない」

外の闇の色が、いつの間にか薄くなっていた。八之助の声は、ひどくしわがれて聞こえた。

「だいじょうぶだ、外に人の気配はないようだ」

郷太が障子を開けて入ってきた。辺りの様子を見に行ってくれていたのである。品川宿の地回りは、追いつめられている。お房を襲うゆとりはないかも知れないが、念には念を入れた。

今日は郷太には、行けるところまでは付いて行ってもらうことになっていた。

「じゃあ、行こうか」

低い八之助の声で、お房はおれんを見上げた。何か言おうとしたが、声にならないらしかった。

手を引いて外に出る。するとお房は、庭の植木の棚に載っている、藪柑子の鉢に素早く目を走らせた。おえいの家へ持っていったものだったが、これだけは持ち帰ってきた。赤い実は、まだ落ちずに葉の裏で鮮やかな色を放っていた。

「持って行くかい」

上総までては、荷になると考えていたのだが、お房は欲しいらしかった。八之助の顔色を窺《うかが》った。

「よし、私が持っていってやろう」

八之助が答えると、口元に半泣きの笑みが浮かんだ。

夏に咲く藪柑子の花は、小さくてその可憐《かれん》な美しさが他の派手な花に紛れて目立たない。しかし冬になって、すべてが枯れつくした後に、見事な赤い実をつける。ずっと辛抱していたみたいに。

そういうことを、初めて会った頃におれんは話してやった。この子はきっといつか、おえいの分まで立派な赤い実をつけるだろうという気がした。

表通りまで出て、おれんは見送った。八之助は何度も振り返って、頭を下げた。

お房は、隣町への町木戸までは前を向いたままだったが、とうとう振り返った。

薄闇の中で、しかと表情は見えなかったが、じっとこちらを見ている目の光の強さだけは、伝わってきた。

八之助が、手に持っている藪柑子の鉢を振った。赤い実の部分が、そこだけぽっと燃えているように見えた。

微かな炎のゆらめきだったが、お房という子の精いっぱい生きようとする命のゆらめきだと、おれんは感じた。

あっと思っているうちに、三人は再び歩き始めた。空は徐々に明るくなって行くが、朝靄《あさもや》が出て、お房らの姿はすぐにその中に紛れてしまった。

第三話　柳絮《りゅうじょ》舞う

一

午前の春の日差しが、やわらかだった。

町が明るい。樹木の緑が輝いている。どこからか、花のにおいもした。一つではない。いくつもの花のにおいだ。

神田川に沿った柳原《やなぎはら》通りを、おれんは両国広小路の方向に向かって歩いていた。道行く人の足取りも、どことなく長閑《のどか》に感じられて、川を行く猪牙舟《ちょきぶね》の櫓《ろ》の音がゆっくりと辺りに響いて聞こえた。

おれんは十八歳、前垂をつけ商売道具の『びんだらい』をぶら下げて客の家を廻《まわ》る、女髪結である。今日は浅草花川戸町《あさくさはなかわどちょう》、大川の川っぷちにある船宿『丁字屋《ちょうじや》』の女将《おかみ》に呼ばれていた。

前からの馴染《なじ》みの客だった。

新シ橋《あたらばし》を過ぎて、いつの間にか郡代屋敷の長い塀に沿った辺りに出ていた。

おれんは、ふっと足を止める。柳原通りに出てからずっと気になっていたのだが、思い過ごしではないことに気付いたのだ。

雪が降っていた。

綿のようにやわらかい雪が、ふわふわと舞っているのである。

しかし、まさか春もさかりのこの長閑な日和に、雪が降るわけがない。びんだらいを置いて、手のひらを広げた。

ふわりと白いものが載る。もちろん冷たくはない。

目を凝らして見ると、綿毛だった。おれんはそれで納得がいった。

柳絮《りゅうじょ》である。

柳原通りには、等間隔に川に沿って柳の木が植えられていた。まだ葉は伸びていないが、黄色い花をつけて実を結び、熟して綿のような種子を飛ばす。今年もそういう時期がやってきたのだ。

ふわりふわりと浮かぶ柳絮は、風もないのに春の日差しを受けて舞っている。おれんは、しばらく辺りの様子に見とれた。

顔を上げて歩こうとして、おれんはそこではっとした。柳絮の舞う中を、郷太がこちらに向かって歩いてくる。

見慣れた顔だが、胸を張って大股《おおまた》に歩いて来る姿には、逞《たくま》しい凜《りん》とした男らしさがあった。表情もきりりとしている。

じっと見ているると、おれんは日差しをまともに見るような眩《まぶ》しさを感じて、はっとした。心の臓が、少しだけ痛む。とはいえ不快な痛みではない。

「おれんさん」

郷太の方も気付いて、声をかけてきた。

「何しているんだ」

「仕事だよ、見れば分かるだろ」

おれんは、びんだらいを持ち上げる。わざとぞんざいに言った。

郷太も同業の髪結だが、蔵前の岡っ引き甚五郎の手先も務めていた。四つ違いの二十二歳。二年ほど前、贋金《にせがね》造りの男との悶着《もんちゃく》に絡んで、知り合った。

「ちょっといいかい、あんたに用があったんだ」

郷太の笑った顔が、おれんには強張《こわば》っているように見えた。がらにもない、いつもはもっと図々《ずうずう》しい男だ。そう思うと、つい今し方の緊張がすっと消えた。

「いったい、何さ」

ほっとした思いで、答えた。

おれんの六つ上の姉お松は、贋金造りの蔦次という男のために、右腕を傷つけられた。おれんを仕込んだ、なかなかの腕前だと評判の髪結だったが、もう元のようにはいかなくなった。

おまけにお松は、その時の高熱がたたって、喘息《ぜんそく》の発作を起こすようになっていた。近頃では、少しでも無理をするとすぐに喉笛《のどぶえ》を鳴らして苦しむ。

そうなった原因には、一味を捕らえるために、蔦次を泳がしていた郷太に責めがなかったとは言えない。確かにふてぶてしい一面があったが、その点に負い目を持って接してくる郷太に、おれんはおりおりの不機嫌さを隠さずに付き合ってきた。

「それがよ……」

道端の柳の下へ、郷太はおれんを連れて行く。

「この二、三日のうちに、八丈からご赦免舟が戻るそうなんだ」

「えっ、本当」

体が、一気に熱くなった。心の臓が激しく脈打ちだしている。

おれんは、近々赦免舟がやって来るということは、知っていた。そういう噂を、町役人《ちよう》からも郷太からも聞かされていたからである。だからいつになるのかと、千秋の思いで待っていたのだ。

八丈には、おれんとは好いて好かれた仲の弥吉が島流しになっている。所帯を持とうと、心に決めている相手だ。元両替屋の手代だったが、やくざ者に絡まれて逆上し相手を殺してしまった。おれんと三つ違いで、今年二十一歳になる男だ。

寒ければ寒いで、風が吹けば風が吹いたで、どうしているだろうと気遣って過ごしてきた。島暮らしは過酷だというから、ともかく生きて戻ってきてほしいとそれだけを願っていた。

お上から、正式な知らせはなかった。赦免される者の中に弥吉が入っているかどうか、それさえ見当はつかなかったが、おれんは望みを捨てていない。

「ただ、まだ島に行って二年しかたっていない。赦免の数に入っているかどうか、ぬか喜びは禁物だ」

「分かっているよ」

郷太の言う意味は、おれんにもよく分かった。期待が大きければ、がっかりした場合の落差も大きい。また島に送られた者のうち、はるかに長い歳月を過ごしている者はいくらでもいる。今回の赦免では、弥吉は戻れないのではないかという考えはあった。

ただ、それでも胸の内が弾んでくる。抑えようとしても、抑え切れない。さりげない言葉で、自分の髪結修業を支えてくれた人でもあった。

「わざわざ家に知らせに来てくれるつもりだったんだね。ありがとう、郷太さん」

「いやあ」

郷太はまた笑いかけたが、おれんには顔がやはり強張っているように見えた。それで、どきっとした。郷太は、口には出さないが、自分を好いている。一年ほど前から、それは薄々勘付いていた。

二年前の贋金造りに関わる一件で、かりに何かしらの責めがあったとしても、これまで三日にあげず神田小柳町の家に顔を出していた。何くれとなく女二人きりの所帯の心細い部分を補ってくれたのには、そういう気持ちが潜んでいたからだろうとおれんは思っていた。

「どっちにしても、舟を迎えに行くときには、おれも行ってやろう。海路で、はっきりとした日にちは分かるまいが、来るまで待てばいい。かりに帰ってこられなかったとしても、誰かから向こうでの様子を聞けるだろうからな」

「うん……」

ふっと、涙が出そうになった。会えなくても、向こうでの様子を聞けるかもしれない。そう考えただけで、体が震える。

覚悟をしていても、待つ身の一日一日は長い。おれんは悟られないように、びんだらいを持ち直す。

「仕事だな。しっかり稼いできな」

郷太は急に、声を大きくした。表情も、いつものものに戻っていた。

「うまく帰ってこられたら、一杯ごちになってやるからよ」

「分かっているよ」

「じゃあな」

郷太が、川に沿って歩いて行った。毎日を精いっぱい生きている男の、確かな足取りだ。その背に、ふわりふわりと柳絮が舞った。

おれんが手を伸ばすと、白い綿毛が手のひらの上に載った。おれんは懐紙を取り出して、それに包んだ。柳絮は、数日すればどこにもなくなる。逞しい郷太を目にした思い出として、残しておこうと考えたのだ。

二

大川も両国橋を越えて遡《さかのぼ》ると、浅草川と呼ばれるようになる。

その川面《かわも》を伝わってくる、櫓の音が少しずつ近付いてきていた。川の流れは静かで、猪牙舟やら荷足舟《にたりぶね》やらが、日差しのはね返りを割ってゆっくり過ぎてゆく。

大川橋の足音が、ときおり響いて小さく聞こえた。

船宿『丁字屋』の女将お袖《そで》の使っている座敷は、そのまま河岸に面していて、船着き場が目の前にあった。縁側に姫鏡台を出し、おれんは髪を結っていた。

「どうしたんだい、おれんちゃん。一人で笑って。良いことでもあったのかい」

お袖にからかわれた。待ち望んだ人が帰ってくるかもしれないという思いは、やはり隠し切れない弾みになっているのかもしれなかった。

「いえ、何でもありゃしませんよ」

髪を梳《す》く手を止めずに、おれんは答えた。お袖の髪は、癖のない真っ直ぐな髪である。豊かで、色も濃い。衿足《えりあし》の白さの上に、それは際立って見えた。三十六歳だが、二十代の後半といっても誰も疑わない華やかさがあった。

船頭と女中が四人ずつの、決して大きいとはいえない船宿だが、女手一つで切り盛りしていた。愛想のよい女将のうえに、酒の肴《さかな》に出す卵焼きの味が絶品。交える出し汁に工夫があった。舟を使わず、歩いてやって来て酒だけ飲んで帰る客もいた。

「おや、おれんちゃん。せいが出るじゃねえか」

空舟を操って戻ってきた船頭の錠吉《じょうきち》が、お袖に客を送り届けた報告を済ませると、おれんに声をかけた。もうじき六十に手が届く年齢だが、日に焼けた体は矍鑠《かくしゃく》としていて、櫓を遣う腕には信頼が持てた。

『丁字屋』を陰で支えているというのが、客たちの評判である。

十年以上も前になるが、当時流れ者だった錠吉は、お袖に命を救ってもらったことがあるそうな。以来この船宿に船頭として腰を据えているが、無口で愛想は良くない。あの爺《じじ》いが可愛いのは酒だけだ、と口の悪い客は言ったが、おれんにはぼそぼそと声をかけてきた。

おれんの父親の栄造は、六年前に亡くなったが猪牙舟の船頭をしていた。一時期、仲間として仕事をしたことがあったとかで、親しみを感じているのかもしれなかった。

「錠吉がいてくれるから、今は『丁字屋』もいいけどね。先を思うと気になることもあってさ。お槇《まき》に、今度婿を取ってやろうって、考えているんだよ」

錠吉が舟の始末に行くと、お袖がつぶやくように言った。お槇は、今年十七になる一人娘である。母親のような気さくな明るさはないが、同性のおれんが見てもどきりとするくらいの美貌《びぼう》だった。

「もう、そういう年ですね。それで、お相手は決まっているんですか」

「うん、だいたいね。真面目でしっかりした男がなによりさ。私の死んだ亭主のようじゃしょうがない」

「そんな……」

お袖の亭主は、蝶次《ちょうじ》といった。その昔『丁字屋の蝶次』といえば、歌舞伎の二枚目役者も尻尾《しっぽ》をまいて逃げるだろうと言われたほどの男前だったという。気の弱い一面もあって、親から譲られたこの船宿を小さくした男だが、女との噂は切れたためしがなかった。

「そりゃもう、震いつきたくなるくらいの良い男でさ、私にも優しくしてくれた。じっと見つめられると、亭主でもぞくっとするくらいでね。でもさ、困ったことに他の女にも、ごくごく優しいんだよ。稼ぎも良くないくせにさ」

気の弱い質《たち》だというが、男女のことになると、時には思い切ったまねもする気概もあったとか。女の方も、放っては置かなかったらしい。

しょうもない亭主だったと口では言うが、しかしお袖が今でも蝶次に惚《ほ》れ切っているとは、この『丁字屋』に出入りしている者ならば誰でも知っていた。

蝶次が死んで七年間、陰膳《かげぜん》を欠かしたことがない。四季おりおりの衣服、草履下駄《げた》の用意はもとより、煙草盆に火入れの火までがきちんとついていた。いつでも、さながらついそこまで用足しに出かけた亭主が、今にも戻ってくるという状態になっている。

それに、しょうもないと言った後で、お袖は黙っていれば客だろうと誰だろうと、えんえんと惚気《のろけ》話を聞かせる。普通なら変人扱いをされるところだが、性の明るい女で、あっけらかんとして面倒見がいいから、むしろそれが愛嬌《あいきょう》にもなっていた。

「いくら良い男だってさ、蝶次のようじゃしょうがない。お槙はおとなしい子だから、外見より中身のちゃんとした男と一緒にしてやらないと。私の見込んだ相手は、確かな人さ」

「それは、よかったですねえ」

「決まれば一安心だよ」

髪は束ねられ、梳《くしけず》られて、きっちりとした船宿の女将のものに仕上がった。鬢付《びんつけ》油《あぶら》に使った伽羅油《きゃらあぶら》の甘い香が、辺りにただよっている。剃刀《かみそり》についた毛を、おれんは懐紙で拭《ふ》き取った。

「すっかり腕を上げたね。ひところのお松さんに負けないよ」

お袖は誉めてくれた。お松は怪我以来、近くの気の置けない女房連中の髪を結うだけが仕事になっていた。無理をするとすぐに喘息の発作を起こす。この一年ほどは、さらに体が弱っていた。

「それじゃあ、また」

おれんは使った道具類を、びんだらいにしまう。掛けていた襷《たすき》を外した。鮮やかな朱色の地に、入子菱《いれこびし》をあしらった端切れで縫った。仕事がらいつも地味な身なりのおれんだが、これだけは人並みの娘のつもりで選んだ端切れだった。

お袖は、仏壇の鉦《かね》をちんと鳴らして手を合わせていた。

何かひとしきり仏に語りかけている。蝶次に、お槇の婿のことでも報告しているのだろうか。

蝶次は七年前、何者かに殺された。大川の下流、永代橋の付近で浮いているのを、涼み舟の船頭が発見したのだが、心の臓に出刃包丁らしきものが刺さった跡があったという。

奉行所の同心や、この辺りを縄張りにする岡っ引きの親分が、八方手を尽くして下手人を探ったそうだが、とうとう捕らえることができなかった。

「おれんちゃん、よかったら両国橋まで、迎えの舟が出るんだけど乗っていかないかい。どうせついでなんだからさ」

仏壇から離れると、お袖が言ってくれた。ついでだという言葉に、甘えることにした。

栈橋の先に小舟が止まっていて、錠吉ではない船頭が待っていてくれた。鶴吉《つるきち》という、おれんと同い年ほどの『丁字屋』で一番若い船頭である。

「どうぞ」

櫓で舟が揺れないように、支えてくれた。おれんは初めて近くでじっくりと顔を見たが、濃い眉《まゆ》に鼻筋がすっきりと通っていて、これまで遠目に見ていた以上の男前だった。胸が、一瞬締め付けられる気がしたほどである。

笑った顔も清々《すがすが》しい。蝶次もかくやと思われるほどだった。

舟が進む。揺られながら、鶴吉がお槇と並んだら、一枚の役者絵ができるのではないかと、おれんは考えた。

三

神田小柳町にある借家には、それこそ猫の額ほどの庭があった。二間きりのしもた家だが、おれんとお松が二人だけで暮らす家だからそれで充分の広さである。

その庭に板で棚を作ってもらい、たくさんの植木の鉢を置いていた。気候が良くなってきているので、鉢の葉の青さも少しずつ濃くなった。

おれんが家に帰り着くと、お松が植木に水をやっていた。二人がこまめに手入れをするので、ここの鉢植はいつも生き生きとしている。

しばらくお松の後ろに立って、おれんは水をやるのを見ていた。貝母《ばいも》の花、熊谷草《くまがいそう》、都忘れ、おだまき、母子草そして棚の上段中央に、鬼灯《ほおずき》の鉢が二つ置いてある。一つはお松の、もう一つはおれんのものだった。

おれんは、その鬼灯の鉢を浅草寺の四万六千日の縁日で、弥吉に買ってもらった。島流しにあう、二か月ほど前である。

思い出の品だ。この鉢にいく度話しかけてきたことだろう。

弥吉はぶっきらぼうな質だったが、不思議とおれんの弱いところを見抜いてきた。

まだ稽古《けいこ》中の身で、一人前の手間賃を貰《もら》えなかったとき、おれんは弥吉が奉公していた井筒屋でしくじりをした。お松には、手間賃を得る資格はないと叱られた。

しかし女中は、「だいじょうぶ」だと言ってくれた。

それを世辞だと受け取ったおれんはめげていたが、弥吉は思いがけないことを口にした。

「しくじりなんて、誰だってあるさ。女中がだいじょうぶと言ったのは、他の仕事では満足していたからだ」

この言葉は、おれんの気持ちを支えてくれた。

その弥吉が、ひょっとするとこの二、三日の内にも江戸へ戻ってくるかもしれない。ぬか喜びをしてはいけないと郷太に釘《くぎ》を刺されているが、これまで堪《こら》えてきたものが大きかった。後できっと悲しむぞと、脅してみるのだがどうにもならなかった。

お松にも、ぜひとも赦免舟のことを伝えたい。

「私ねえ、おれんちゃん」

口を開こうとすると、お松が話しかけてきた。伝えたいことがあって、おれんが帰るのを待っていたらしかった。杓《ひしゃく》を持つ手が、白い。そして顔色も、透き通るほど白くなって痩《や》せてきた。

あらためて、おれんは心の臓がきりりと痛んだ。少しでも早く赦免舟のことは話したいが、その前にお松の言おうとする内容を聞いてあげたいと思った。

「この鬼灯を見ているとね。死んだ吾平さんを、ますます好きになっているのが、分かるんだよ」

お松の顔に、一人の男の顔が重なり合って見えた。おれんにとっても忘れられない人だ。弥吉と同じ両替屋で手代をしていたが、まだ小僧だったあの人を可愛がってくれた。

吾平は、お松がかつて唯一好き合った男である。だが、よその両替屋の娘との祝言のために去っていった。

身を引いた女の、嘘の愛想づかしを真に受けたからだが、お松を忘れられなかったようだ。後に、取り返しのつかないしくじりを店でしてしまった。吾平はそのため、関わりのあった酌女と心中をすることになるのだが、死ぬ前夜、鬼灯の鉢を持ってお松を訪ねてきた。

口もきかずに帰らせた、三年前の鬼灯を貰った夜を、お松は強く後悔している。贖罪《しょくざい》の意味もあってか、以後生身の男を必要としない女になっていた。

そして病を持ち、透き通るような白い女になった。

「家で一人でいると、ふっとあの人が生き返って、戻ってくるような気がするときがあるのさ。おかしいだろう」

「ううん、松姉ちゃんの吾平さんを思う気持ちが強ければ、おかしなことではないんじゃない」

おれんは会ってきたばかりの、お袖のことを考えた。七年前に死んだ亭主の蝶次に、今でも惚れ抜いている女だ。

すでに亡くなった男に、深い情愛を注いでいる点では、二人は同じだった。ただ違うのは、生きるということへの意欲である。お松の命は日に日に薄くなっていくようだが、お袖は違った。

『丁字屋』の繁盛と娘の幸せを願い、蝶次への思いを『惚気』という形で、誰はばかることなく表に出して暮らしている。それは見事なほどだ。

お松が、吾平を思う心にも嘘はない。常に己の支えとし、他の男には目もくれない。ただ、生きるということの中に潜んでいる、あらゆる種類の願いや野心といったものを持ちあわせていなかった。

それに比べてお袖は、世間という枠の中で、願いや野心を叶《かな》えようと努めていた。

歳月は流れ、そこには嬉《うれ》しいことも悲しいことも起こってくるはずである。強く心を揺すられることもあるだろう。そんな中で、いつまで蝶次への思いを持ち続けて行けるのだろうか。おれんは気になる。

けれども現実は七年もの長い間、お袖の心は少しも変わらない。

お松が、吾平への思いを死後ますます深めているもとにあるのは、贖罪だ。鬼灯の鉢を持ってきた夜、ちゃんと話を聞いてやれば、心中などしなかったのではないか。お松には、そういう悔いがあった。

吾平を殺したのは自分だと、厳しく責めた時期もある。

贖罪……。そう考えて、小さな疑問がおれんの胸の中で浮かんだ。

お袖も、蝶次に対して何かの贖罪の気持ちを抱いているのではないか。その思いが今の極端な蝶次への言動に繋《つな》がっている。

だとすれば、いったい何のための贖罪だろう。おれんには想像もつかない。

蝶次は、胸に出刃包丁らしい刃物によって刺された傷跡を残して、大川に浮いていた。

当時定町廻《じょうまちまわ》り同心や地元の岡っ引きは、総力を挙げて下手人探しを行なったと聞いている。当然『丁字屋』や『蝶次』に関わる人物は、すべて洗われたはずである。

それなのに、下手人は挙がらなかった。

唐突な疑問である。贖罪などという大それたものではなく、未練とか、情の濃さといったものなのかも知れない。

だが一度芽ばえた疑問は、おれんの気持ちの中に残った。ただこれは、いくら頭を捻《ひね》っても進展のないものだった。機会があったら、いつか未解決になっている事件の顚末《てんまつ》を、郷太に調べてもらえればいいと考えた。

「あんたに鬼灯をくれた、弥吉さんはどうしただろうね。赦免舟が来る、という話だったけれど」

お松が、話を変えた。相手を気遣う目の色になっていた。

おれんの胸の内が、それでぱっと晴れた。躍る気持ちを抑えて言った。

「さっき、郷太さんに会った。二、三日中に舟は来るって言ってたけど。海路だから、日にちはあてにならないだろうって」

「そうかい。舟に乗せてもらえていると、いいけれどね」

「うん。でも弥吉さんが達者ならいい。それだけで」

鬼灯の鉢を見ながら、おれんは呟《つぶや》くように言った。八丈から帰って来た人に、話を聞くこともできる。鬼灯の葉は、まだ新しい芽を出したばかりだ。

島でどれほど苦しい暮らしをしてきたことか。さぞかし窶《やつ》れているだろうが、よもや病に罹《かか》ってはいまい。期待と不安の混ざった気持ちの中で、おれんは弥吉の身の上が案じられてならなかった。

弥吉のことを考えると、やはり目頭が熱くなってくる。

ところが赦免舟は、この日の夕刻には江戸に着いていた。海は凪《な》いでいて、到着が早まっていたのである。

弥吉は、舟に乗っていなかった。

四

浜町《はまちょう》河岸に差す午後の日の光が、わずかに揺れていた。

日本橋富沢町《とみざわちょう》の裏通りに入ると、青物屋があった。春大根、あかざ、芥菜《からしな》などが店先に出ていた。店先に人の気配はなかったが、置いてある品は新しいものだった。

郷太はちらとおれんを振り向いてから、訪《おと》ないを入れた。

「いらっしゃい」

一度呼んだだけで、愛想のよい四十女が顔を出した。声に張りがあった。

「すまねえな。おれたちは客じゃあねえんだ。あんたの亭主が、今度の赦免舟で帰って来なすったよね。ちょいと向こうの話を、聞かせてもらいたくってさ」

けげんな顔をする女に「いや、この人の知り人が、八丈に流されているんでね」と郷太は言葉を足す。すると、女房の表情が変わった。顔に哀れむ色が出た。

「分かった、ちょいとお入りよ。散らかっているけどさ」

郷太はおれんの背を押して、中に入った。

おれんが、赦免舟が戻っているのを知ったのは、舟が着いた翌日の朝である。知らせに来てくれた郷太と、二人で船着き場に急いだが、その時には当然赦免された人の姿はなかった。

弥吉らしい人物が、赦免された者の中にいたかどうか、船から降りる場を見ていた者を探して聞いた。しかし埒《らち》が明かなかった。風体は江戸にいた頃と違うだろうし、同じような年の者は何人もいた。

郷太の親分甚五郎に頼んでつてを探し、今回の赦免帖に弥吉の名がないのを確認するのに、一日半かかった。

そのおり甚五郎は、赦免舟で帰ってきた青物屋の仁助《じんすけ》という男の名を教えてくれた。

弥吉が赦免舟に乗っていないかもしれないということは、おれんの気持ちのどこかには、郷太に言われるまでもなくあった。ただ、今度の舟に乗っていてほしいと願っただけである。

悲しくないといえば嘘になるが、物事とはこんなものだろうという冷めた部分が、どこかにあった。たとえどのような理由があれ、弥吉は人を一人死なせた。それが、二年ばかりの島暮らしで赦《ゆる》され帰れるわけがない。

ただ弥吉が、どう島で過ごしているか、せめてそれだけは知りたかった。郷太に付き添ってもらって、おれんは訪ねて来たのだった。

「あんた、ちょっと出ておいでよ」

女房が奥に声をかけた。すると、胡麻《ごま》塩《しお》頭のどう見ても六十年配の痩せた爺《じい》さんが出てきた。

日焼けして、膚《はだ》にまだらな黒い染みができていた。前歯が二本欠けている。甚五郎から聞いた仁助という男は、まだ四十五、六だったはずである。

おれんは息を呑《の》んだ。その場から逃げ出したくなるのを、じっと堪えた。

「八丈には、ちっとばかりだが田圃《たんぼ》もある。米が出来るわけだが、そんなものは、流人の口には入らねえ。粟《あわ》や稗《ひえ》はもちろんだが、たいていは、赤甘藷《あかかんしょ》だ。来る日も来る日も、それを食う。食えるだけで、ましだった」

「………」

「なにか、向こうで役に立つやつは、それで食っていけた。だけどよ、なにもできねえやつは、手伝い仕事で食い物を貰う。風が強い日は、目が開けてられねえ。すると用がたせねえから、飯は食えねえ。おれは、そういう暮らしを、八年した。長いやつは、もっとだ」

聞き取りにくい声だったが、話している内容は分かった。聞いているうちに、仁助の女房が啜《すす》り泣いていた。元は博奕《ばくち》打ちの極道だと聞いたが、八年のうちにその気力は失《う》せたようだった。

ただ生き延びて江戸へ戻れただけあって、目にはしぶとそうな光も宿っている。かさついた手指は、節くれだって柏《かしわ》の葉のようだった。

「弥吉という二十前後の男を知らねえかい。やくざ者を死なせた、両替屋の手代だが」

郷太が問いかけた。

「弥吉だって、ああ知っている。そういえば、いた」

　思い出すのに、多少手間取った。そのまま続けた。

「一緒に、野良仕事をしたことが、ある。こまめに働くから、重宝がられていたが。この半年ほどは、顔を見なかった」

「何か、あったのかい」

　どきりとした。問いかけた郷太も、同じ気持ちだったらしい。

「いや。島はそれでも、広《ひれ》えから。どこかで、雇われたのかもしれねえな。半年顔を見ねえぐれえは、珍しくねえ」

「じゃあ、ちゃんと暮らしているっていうことだね」

　おれんが、思わず声を漏らした。気が付くと郷太の着物の袖《そで》を、強く握り締めていた。手に冷たい汗をかいている。

「若くて、働き者なら、病に罹らないかぎり、どうにかやってゆける。水汲《みずく》み女もいて、あいつならうまくやるかもしれねえ」

「水汲み女」

「そうさ、島の女さ。一緒になれば、島での暮らしも楽になる」

　仁助は、歯茎を剝《む》き出して笑った。

暮れなずむ日差しを受けて、浜町河岸に沿った道を、おれんと郷太は物も言わずに歩いていた。

おれんにとって、弥吉が島での厳しい暮らしを歯を食いしばって生きているのであれば、不憫《ふびん》だとは思うにしても、それで救われるものがある。仁助という男に会ったかいはあった。

「弥吉さんは、島でも働き者だったって。あの仁助という人がそう言ってくれた」

八丈で、いじけているわけでも荒《すさ》んで暮らしているわけでもない。己の手で働いて、食っているという。それなら、晴れて赦免になる日まで、耐えてゆけばよいのだ。ああ、赦免になる日まで。

そう考えて、おれんは胸を打たれた。

赦免舟は、毎年出るものではない。次は、早くても数年先になる。十年以上間があいても、それは珍しいことではなかった。仁助は八年いたと言った。もっと長くても、赦免にならない者もいる。いや、現実には赦免にならない者の方がはるかに多いということも、聞いていた。

おれんは永代橋で、舟に乗せられた弥吉を見送った。あれから二年あまり。何かにつけて、弥吉を思い鬼灯の鉢に語りかけた。待つ身のおれんにとって、それは長い日々だった。

これから、何年待てばいいのだろう。

十年待って、はたして本当に帰ってくるのだろうか。よしんば帰れたとして、その時二人の心は通じていられるのだろうか。

仁助から聞いた、水汲み女の話も耳に残っている。過酷な暮らしの中にいて、そういう女《ひと》と何かあったとしても責められない気がした。

赦免舟が出ることは、島にいた弥吉とて知っていただろう。それなら、誰かに自分への言づてを頼むことだってできたのではないか。一言達者だと、伝えることは不可能ではなかったはずだ。けれどもそれは、なかった。

おれんは、気持ちを落ち着ける。

島には島の、こちらの窺《うかが》い知れない事情があるのかもしれない。言づてがないとしても、それはしようのないことだと考え直した。

おれんの脳裏に、弥吉の笑顔が浮かんでくる。その像は、つい半刻《はんとき》（約一時間）ほど前まではっきりとしていたのに、今はだいぶ霞《かす》んでしまった。

胸の内が、押されてくる。それは途方に暮れたという思いに近い。いつの間にか、浜町河岸ぞいの道から外れていた。

何処をどう歩いたか、おれんには見当がつかなかった。

気が付くと神田川に沿った、柳原通りに出ていた。日が西に傾き始めていて、辺りにふわふわした綿毛のようなものが舞っていた。

「おれんさん、そろそろ戻ろうじゃないか」

郷太の声だった。おれんは物思いにとらわれて忘れていたが、あれから郷太はずっと後を見守ってくれていたのだと気がついた。

「郷太さん」

通行人がいるのも、気にならなかった。おれんは郷太の両肩に手を置いた。男の胸に顔を埋《うず》める。泣きたいわけではなかったが、ただじっとそうしていたかった。

「ありがとう」

おれんが顔を上げるまで、郷太は何も言わなかった。見上げた目が優しかった。

見詰めあって、おれんはべそをかきそうになったが、涙は出なかった。

「おれんさん、こんな時に言うのはなんだが」

「なあに」

「弥吉さんは、いつ帰ってこられるか分からない。待つのもいいが、どうだい。おれと一緒にならねえかい」

「あんたと……」

言っている意味に気付いたとき、おれんは郷太に対して腹が立たなかった。しごく当然の言葉を聞いたように感じたのである。

おれんの口から、微《かす》かな笑みが漏れた。しかし返事をすることはできなかった。今、何かを決意する。それはとてもできそうにない。

柳絮が舞っていた。先日その中で郷太の顔を、おれんは凜として男らしいと感じたのを思い出した。

「行こうじゃねえか」

返事の催促はしなかった。

郷太が歩き始めると、おれんはそれに従った。

五

翌未明、おれんはお松の喉笛の音で目を覚ました。ヒューヒューと鳴っていて、背が激しく波打っていた。

「起こしちゃって、ごめんね」

涙のたまった目で、お松はかろうじて言った。

口には出さなかったが、赦免舟の到着については、おれんの思いを気遣ってくれていた。郷太に送られて家に帰ったとき、お松はまず、おれんの顔を見詰めた。そして顔に広がったのは、安堵《あんど》である。表情を見てほっとしたのだ。

打ちひしがれてはいなかった。弥吉が戻らないことを、おれんがどう受け止めるか、それが気がかりだったようだ。

もちろん、明るく振る舞うことなど出来なかったが、郷太のお蔭《かげ》で少しも取り乱すことがなくて済んだ。

一日、発作もないままに夜になった。おれんはびんだらいの引き出しを開けて、いつものように道具の手入れをした。引き出しの中に、柳絮の綿毛を挟んだ懐紙があるのが見えた。大事に引き出しの奥にしまい直した。

櫛《くし》に、はあっと息を吹きつけながら、一本一本ていねいに拭く。白地に藍染《あいぞ》めの牡《ぼ》丹《たん》が浮き出た手拭《てぬぐ》いは気に入っていて、何度も洗っては使っていた。さらに鬢を張り出すために入れる鯨のひげ、鼈甲《べっこう》、鉄線に紙を巻いて漆をかけた鬢さしなどにも磨きをかけた。そうしていると気持ちが落ち着くのが分かった。

「おれんちゃんも、本物の髪結になったんだね」

安心したようにお松は言って、寝床に入った。さりげない一言で、おれんは教えられることがまだまだある。だがお松にこう言われるのは嬉しかった。

昨日から、弥吉のことで気遣いをさせてしまった。

この心労は、お松の弱った体にはきつかったのかもしれなかった。

「だいじょうぶだよ、じきに楽になるからね」

おれんは背をさすり、額の汗を拭いてやる。この世で一番愛《いと》おしいお松の体だった。

夜が明ける頃、お松の発作はほとんど治まった。長い夜だった。疲れた青白い顔が、ようやく眠りについたのを見て、おれんはほっとした。

お松のために粥《かゆ》を炊いておこうと台所の土間に下りると、戸を叩《たた》く音がした。おれんが開けると郷太が立っていた。手に四つばかりの卵を持っていた。

郷太は目が合うと、へらっと笑った。

「産みたてが手に入った。お松さんに、食べてもらおうと思ってさ」

手に取ってみると、まだ温かい。懐に入れてきたという。

中に入ってもらい、腰をかけさせた。おれんが茶をいれようとしていると、郷太はいきなり言った。

「十日ほど、旅に出なくてはならなくなったんだ」

「えっ」

あまりに唐突な話で、動かしていた手が止まった。

「赦免舟のことがあったんで、話す機会がなかったんだけどよ。例の贋金造りの連中さ。小田原《おだわら》宿辺りで仕事をしているらしいんだ」

この二年、お松を両国橋から落した蔦次という男を始めとして、一味は甚五郎らの探索のかいもなく捕らえられていない。

「江戸じゃあ、面の割れているやつもいて仕事がしにくい。しばらく遠出をしているのは分かっていたが、ここのところ小田原辺りで、同様の贋の小粒が見付かっている。向こうでも探っているが、埒が明かねえようでさ」

公式には、小田原で何が起ころうと甚五郎や郷太に関わりのない話である。だがこの仕事は、定町廻り同心の指示を受けて、甚五郎が郷太ら手先を使って前から当たっていたものだった。

蔦次を始めとする仲間たちの顔や、やり口などは、こちらのほうがはるかに知悉《ちしつ》しているはずである。

「人を通して、助っとを頼まれた。しかしよ、縄張りをほうって親分が十日も空けられるものじゃねえ。場合によっちゃあ、長引くかもしれねえんだから。それで、おれが出かけることになったわけさ」

「寂《さみ》しくなるね」

「なに、すぐのことさ。野郎とっつかまえて、お松さんの仇《あだ》を取って見せるよ」

二年越しに追っている相手である。郷太にしてみれば、宿敵と言ってもいいかもしれない。自分の力でお縄にできれば、何より嬉しいだろう。

「でも、無理しないでね」

「やれることをするだけさ。それに、蔦次の一味の仕事じゃねえかもしれねえ」

口ではそう言ったが、郷太の目に輝きがあった。眩しいくらいの輝きだった。それは男だけが持つ力のようなものだと、おれんは思った。お松の仇というよりも、郷太自身のために蔦次ら一味を捕らえさせてやりたかった。

「それで出立はいつ」

「明日《あした》のつもりだ」

「えっ、そんなに急に」

おれんは、郷太の隣に座った。何か言おうとして、言葉が出なかった。

「案じることはねえさ。小田原なんてすぐそこだ。気楽なもんよ」

笑い顔で、いくぶんほっとした。郷太は、おれんの方を見ないで続けた。

「昨日の返事だけどよ、帰ってきたら聞かせてもらうから」

「うん」

そうしてくれれば、助かる。一緒になろうという話だ。弥吉とではなく、郷太と所帯を持つことになる。とんでもない話をされたとは、今も感じてはいなかった。

おれんはよく考えてみたいと思っていた。

持ってきてくれた卵を手に取ってみた。まだぬくもりが残っていた。郷太のぬくもりに他ならない。

「これで卵焼きを作って、松姉ちゃんに食べてもらうよ」

「ああ、そうしてくれ。『丁字屋』の卵焼きも旨《うめ》えが、おれんさんが作るのも旨かろうよ」

「『丁字屋』さん」

「そうさ、花川戸は蔵前から目と鼻の先だ。あそこは、卵焼きが名物だ。おれんさんも、知っているのかい」

郷太は、卵焼きを箸《はし》でつまむ真似をして見せた。

「うん、お客さんだからね」

「そうか、あそこの女将は、変な女さ。殺された亭主に、今でも惚れているらしい。しかし、死体が大川から上がった時には、いの一番にあの女将が疑われたんだぜ」

「それ、どういうこと」

おれんも、その点については不審に思ったことが、あったのだ。

「これは、探索に関わったうちの親分から聞いた話だけどよ。蝶次ってえ亭主が川で見つけられた時に、あんまり悲しまなかったようなんだ」

「悲しまなかった」

「そうさ。まあ、悲しい悲しくないなんて、外から見てどうというものじゃねえけどよ、端の人間にはそう見えた。それに蝶次てえのは、殺される間際まで女がいた。悋気《りんき》の上の殺しと見られたわけだが」

「それで」

「しかし調べてみると、殺される直前ぐらいに、蝶次はその女とは切れていた。しかもその間に入って、女に金を渡し手を切らせたのは女将のお袖だということが分かった。蝶次は、女たらしには違いねえが、いつもお袖にはひどく優しかったらしい。まあ二枚目だから、女に言い寄られる。気の弱い男だから断わり切れずにずるずると、そんなところだったんだろうが」

「…………」

「いずれにしろ、自分のところにようやく戻ってきた亭主を殺しはしまい、ということになった。それに、殺しの様子を見た者もいねえ。悲しんでいるようには見えないぐらいでは、下手人にはできなかったわけさ」

「郷太さんは、どう思っているの」

「さあ、昔の話だからな。おれが知っているのは、そのくらいのことさ」

お袖が、あれだけ愛していた蝶次を失って、悲しまないことはありえない。それなのになぜ、悲しんでいる様子が周りの者に感じられなかったのか。お袖は気持ちの襞《ひだ》を、はっきりと表に出す女だと、おれんは感じていた。

「それよりよ、お槙という娘、べっぴんだね。父親の蝶次譲りだと評判だが、『丁字屋』には鶴吉という若い船頭がいる。これがまた評判の色男でね。おれはあの辺にはよく行くから気付いたんだが、あの二人はできてるね。そういうにおいがする」

一度、鶴吉という船頭に、おれんは舟で送ってもらったことがあった。笑顔の清々しい男だと思ったのを、覚えている。

「でもよ、おれんさんもなかなかのべっぴんだ。決して『丁字屋』の娘には劣らねえ」

四、五日前なら、叩き出すところだが、おれんは顔が赤くなるのを感じて立ち上がった。郷太とは、しばらく会えなくなる。
何だか寂しい。お松と三人で、朝飯を食べる支度を始めた。

六

日本橋まで、おれんは郷太を送った。

薄闇の中にあった朝靄《あさもや》も、いつの間にか消えていた。旅立ちの天気は上々。遠く西の空に、まだ雪をかぶった富士のお山が見えた。

「じゃあ、行ってくる」

普段はぽんぽんと軽口を叩く男だが、さすがに緊張しているようだった。独り旅もそうだが、二年振りに蔦次ら贋金造りの一味に、迫ってゆくことになる。両国橋でお松が川に落された夜、郷太はいま少しのところまでやつらを追い詰めていた。そのおりの無念が、蘇《よみがえ》っているのかもしれなかった。

ただ蔦次ら一味は、女子供でもいざとなれば平気で命を狙う連中だった。おれんにしてみても、憎んでも憎み足りない男たちだが、まずは郷太の無事を祈りたかった。

「お願い、気を付けて」

振り分け荷物を背負った後ろ姿が、二度ほど向き直った。おれんは見えなくなるまで手を振った。富士のお山の向こうまで、行ってしまうわけではない。十日あまりで帰ってくると言っていた旅である。

十日という日数を数えて、おれんは、はっとした。

自分はそれまでに、郷太からの告白に答えを出さなくてはならない。

そして迷っている自分の胸の内を、弥吉を思う気持ちがちくりちくりと刺してきていた。島での過酷な暮らしの中で、弥吉は江戸に戻って自分と暮らすことを励みにひもじさと苦しさに堪えているのかもしれないのだ。

それを無下になど、できるわけがなかった。

弥吉への思いに嘘はない。所帯を持とうと言われて、はっきり返事をすることはできなかった。けれども心の内では、それを受け入れようと一度は腹を決めた。その弥吉が島流しになったからといって、簡単に心変わりなどするはずもない。

事あるたびに弥吉がくれた鬼灯の鉢に語りかけ、慰められてきたおれんだ。それは今も続いている。

いい加減な気持ちで、男を好きになったのではない。しかし二年という月日、胸の奥に潜めてきたのだろう郷太の願いを、受け入れたいという考えが芽生えているのも確かだった。弥吉が島流しになってからの二年、もし郷太がいなかったら自分はどうなっていただろうと考えると、おれんはぞっとする。

男を好きになるということ、男を大切だと思うということ、そして同じ思いを持ち続けるということの難しさをおれんは感じた。すると、ふっと『丁字屋』のお袖の顔が目の前に浮かんだ。

「ぼやっとしてると、あぶねえぞ」

橋の欄干にもたれているおれんの横を、魚売りの男がぶつかりそうになって過ぎていった。

めばるが、朝の日差しに輝いている。

おれんは、人通りの多くなり始めた道を歩く。そして、あることを思い付いて家への道とやや方向の違う道を進んでいった。

「おや、おれんさんじゃないか。よく来てくれたねえ」

五十を過ぎても色つやのいい、お米《よね》が笑顔で迎えてくれた。日本橋からそう遠くない品川町《しながわちょう》の裏店《うらだな》である。お米は、一年ほど前に魚河岸で働く息子に引き取られるまでは、長い間『丁字屋』で女中をしていた。おれんとも馴染《なじ》みで、一度遊びに来いと誘われていた。

「あんた、きれいになった。好いた男ができたね」

茶と菓子を出してくれて、お米はいきなり言った。時おりどきりとするようなことを口にするが、人の気持ちの動きによく気のつく女だった。だからお袖は、お米という女中を信頼して使っていた。

郷太の話を当たり障りのない程度にしてから、おれんはお米の暮らしの話も聞く。話の途中で、当然のようにお袖の話題が出た。

「女将さんは、そうとう蝶次というご亭主を好いていなさったんですねぇ」

「そりゃあそうだね。おれんちゃんも男を好いたら、あそこまでいかなくっちゃね。殺したいくらいに好きだって言うのを、まだ旦那《だんな》が亡くなる前だけど聞いたことがあった」

「殺したいくらいにですか」

おれんは、すうっと息を呑む。

「もちろん、女将さんはやっちゃいないだろうけどさ。それくらい惚れていなすったのは、はたで見ていても分かったね」

「でも、死体が見つかったときには、見た目にはそれほど悲しまなかったと聞きましたけど」

おれんが言うと、お米はしばし目を閉じた。

「女将さんは、旦那様に女がいてもいなくても、惚れていなすった。でも、いない方がいいに越したことがないのはあたりまえだからね。女に手を切らせるために、陰でお働きになっていたのは、あたしも見知っていたよ」

「…………」

「悲しんだように見えなかったのはさ、旦那がこれでもう、どこへも行かなくなった。自分一人のものになった。そういうお気持ちがあったからじゃないのかねえ」

言われてみれば、もっともな気がした。生きているに越したことはないが、たとえ死んでも、好いた男を独占したい。そういうお紬の蝶次への思いには、おれんにも頷《うなず》けるものがあった。そしてその思いは、今日まで続いている。

死後七年間、変わらぬままに男に惚れ続け、少しもその思いが損なわれない。いったいどうしたら、そういう気持ちを持つことができるのだろうか。

おれんは前にそのわけを、お紬が蝶次を殺したことの贖罪ではないかと考えた。しかし、本当にそうなら、せめて一、二年、それが過ぎれば気持ちも薄れて行くのが普通ではないかと、今になっておれんは感じるようになっていた。

お袖には、お槙という蝶次を生き写しにしたような美しい娘がいる。子供を絆《きずな》に死んだ亭主を思う女は、珍しくはない。だがお袖のように、今でも生きている男に接するがごとく、胸をときめかせている女は他に見ないのだった。

お袖は、やはりそれ程までに情に濃い女だったということなのだろうか。

しかし、七年である。おれんにとっては、弥吉を待つ二年でさえ気が遠くなるほど長く感じられた月日だった。

お袖の蝶次への思いを、長年月支えた何かが、やはりあるのではないか。

『丁字屋』での、お袖のおりおりの姿を思い浮かべてみた。けれども、浮かんできたのは気さくな船宿の女将の姿だけだった。

「じゃあ、またおいでなさいな」

お米の家を出た頃は、日もだいぶ高くなっていた。郷太はどの辺を歩いているだろうと、おれんは今朝見送った後ろ姿を思い出しながら考えた。

七

「おれんちゃん、このごろ植木に水をあげていないいんじゃない」

庭から戻ってきたお松が、言った。

朝になると、これまでは二人で競うようにして、植木の鉢の世話をした。一つ一つ大事に手入れをしてやると、どんなものでも、その季節になると花を咲かせ実をつける。そんなあたりまえなことを確かめるのが嬉しくて、おれんは植木に接してきた。

しかし、お松に言われるまでもなく、この四日ほどは植木に水をやっていなかった。意識していたわけではないが、なるべく見ないようにしていたのは自分でも感じていた。

鬼灯の鉢を見るのが、辛《つら》かったからである。

「あんた、郷太さんが、好きになったんじゃないの」

「どうして」

おれんは味噌汁《みそしる》に入れる菜を刻んでいた。振り向けなくて、前を見たまま問い返す。

「おれんちゃんが植木に水をやらなくなったのは、あの人が旅に出てからのことだからさ。植木に水をやることになると、嫌だって鬼灯が目に入るじゃないか」

声に、責める響きは混じっていなかった。いつものように穏やかな声だったが、嘘の返事をさせない声だともおれんは感じた。

「実はね、出かける前に郷太さんに一緒にならないかって、言われたの」

振り向いて、お松の顔を見る。知らせる以上は、目を見て話したかった。

「それで、何て答えたの」

「まだ、なにも。旅から戻ったら、返事をしなくちゃならないけど。でも、迷っている」

「どうして。八丈にいる弥吉さんに、悪いという気持ちは分かるけど、何年待たなければならないかは、分からない。待ちぼうけになるかもしれない。どうしても待ちたいのなら、待てばいいけど、郷太さんが好きならそれでいいんじゃないかい」

お松は框《かまち》に腰をかけると、笑顔を見せた。

「私もそう思った。だけど考えてみると、今もし弥吉さんが傍にいたら、郷太さんと所帯を持とうとは思わなかったんじゃないか、という気がする」

「郷太さんより、弥吉さんのほうが好きだってことかい」

「ううん、どっちも今は好き。だから困ってる。そういうふうに揺れてる気持ちで、鬼灯の鉢は見たくなかった」

「そうかい、それならもう少し考えてみたらいい。急ぐことじゃあない。腹が決まるまで待てばいいのさ」

「うん、ありがとう」

味噌汁のための湯が、沸いていた。おれんは刻んだ菜を、鍋《なべ》に入れた。

浜町河岸を外れまで行って、箱崎川《はこざきがわ》にかかる永久橋《えいきゅうばし》をおれんは渡った。びんだらいをぶら下げて、その先箱崎町一丁目の、船宿の女将の髪を結いに行く途中だった。この辺りは山谷《さんや》河岸とも呼ばれ、吉原《よしわら》に通じる山谷船の船宿の多い町だった。

その客の船宿に近い一軒のしもた家から、思いがけない顔が出てくるのを、おれんは見かけた。『丁字屋』のお槙である。同じ船宿の娘だとはいっても、この辺りは縁もゆかりもない土地のはずだった。

おれんは、はっと息を呑んだ。お槙の表情に、思いつめたものを感じたからだが、出てきた場所も、普通の娘が出入りするような家ではなかった。

彫物師の家である。小さくて目立たない家だったが、おれんの得意先の家とは目と鼻の先で、そこはやくざ者などが体に彫り物をしてもらうための家だということを、話で聞いていた。

お槙が、たった一人でその家から出てきた。怯《ひる》んだ影はどこにも感じられなかったが、どう考えても、いつものお槇とは繋らない光景だった。

思いつめた表情のまま、おれんには気付かずに擦れ違って永久橋を渡った。足早に、浜町河岸の方向に歩いて行く。声をかける隙は、どこにもなかった。

昨日、おれんは花川戸町の『丁字屋』で、お袖とお槇の髪を結った。お袖の方は、いつもと変わらない様子で蝶次の話や世間話をしたのだが、お槇はだいぶ暗い様子だった。何かを思いつめた顔といってよい印象だった。いつもそれほど喋《しゃべ》る娘ではなかったが、話しかけたときに、ろくに返事もしないのは珍しかった。

おれんは帰り、船頭の錠吉の舟に乗せてもらった。

先日は若い男前の鶴吉の舟に乗せてもらって、それはそれで楽しかったが、錠吉の櫓の捌《さば》き方はさすがに年季を感じさせた。舟の中でおれんは、錠吉にお槇がひどくふさぎ込んでいたわけを尋ねた。

「女将さんが、婿取りの話を八分がた決めてきたんですよ。間に、しかるべき人を立てて」

そこまで言って、錠吉はちょっとためらった。しかし思い切ったように続けた。

「まあ、いずれ分かることとだ。お槇さんは、鶴吉と好き合っている。しかし、女将さんは許さない。あの男は駄目だと言って聞かない」

「なぜでしょうか」

「さあ。ただ女将さんは、こうと決めたら何だってするからね。場合によっては鶴吉に『丁字屋』をやめさせるかもしれない。そうなったら、お槙さんはどうするか」

前に郷太が、あの二人はできていると言ったことがあったが、その勘は当たっていたのである。お槙の思いつめた顔のわけが、おれんにはようやく分かった。馬鹿なことをしでかさなければよいと考えたのだが、そのお槙が一人で彫物師の家から出てくるのは、穏やかではなかった。

お槙は、気持ちを内に秘める性格だが、母親似の激しい一面も持った娘だとおれんは感じていた。いざとなれば、本当に何をしでかすか分からない。

彫物師の家には、やくざ者が出入りをする。いったい、どういう手づるでこのような家を知ったのか。そして何をしようとしているのか。

このままには、ほうってはおけない気がした。やくざ者と関わるのだけは、止めさせなくてはならない。

八

「お槇という娘さんはね、自分の腿《もも》に彫り物をしてほしいと言って来なすった」

茂造《しげぞう》という、五十代半ばの彫物師は言った。目に鋭さがあって人を威圧するふうがあったが、それは凶暴さとはやや質の違うものだった。

おれんの得意先である箱崎町の船宿を、茂造はよく利用しているということが分かった。そこの女将に頼んで、話を聞かせて貰えるようにしてもらったのである。

彫物師は、出入りする客の話など一切しない。初めはにべもなく断られたが、そこを曲げて頼んで貰った。おれんにとって運が良かったのは、茂造が船宿に少なからざる代金の未払いがあったことである。

女将の頼みを、断り切れなかった。

おれんが家に入ると、ごく微かに男の汗の染みついたにおいがした。それが、墨のにおいと混ざっている。通された部屋の縁側に鳥籠《とりかご》があって、小鳥が鳴いていた。

「いったい何を、彫ってほしいと言って来たんでしょうか」

「鶴だよ。左の腿の付け根に、手のひらほどの大きさのを、彫ってほしいってえ話だった」

「鶴ですって」

二枚目の船頭、鶴吉の顔が浮かんだ。お槇は、それ程までに思いを込めていたのか。

錠吉の話によると、お袖は覚悟して決めたことは譲らない頑固な一面があるという。そして場合によっては、鶴吉はやめさせられる状況にある。

その老船頭が、今後のお槙の行ないを気遣っていた。おれんにははっきり言わなかったが、もし鶴吉が『丁字屋』を出て行くならば、お槙もついて行くのではないか、そう考えていたように感じるのである。そして、錠吉の考えは当たっていたようだ。

太腿に鶴の彫り物をした女を、鶴吉以外の男が受け入れるとは思えない。お槙は腿に鶴の彫り物をすることで、たった一人の男への恋情を確かなものにしようとしている。

おそらく、思いつめた果てのことだろうが、誰にも相談はしていない模様だ。いくら好いた男のためとはいえ、十七の堅気の娘が腿に彫り物をするのは尋常ではない。

確かに無謀なまねには違いないが、お槙のそうせずにはいられない張り詰めた思いに、おれんは惹《ひ》かれるものがあった。そこまでしてついて行こうとする好いた男がいる。そして追い詰められて、自分の出来ることをしようとしている。

「お槇さんの腿に、鶴を彫るつもりですか」

「客が望めば、誰にだってやるさ。仕事は明後日《あさって》からだ」

お槇が納得して決めたのならば、おれんがとやかく言う筋合いはない。しかし彫り物をして家を出る前に、お槇の胸の内を動かすことはできないのだろうか。好いた男と添うために、あらゆる力を尽くした結果なのだろうか。

「それにしても」

おれんは、気になっていたことを尋ねた。

「お槇さんは、どうしてこの家を知っていたんでしょうか。誰かから聞いたんでしょうか」

「あんた、なんでそんなにあの娘さんのことが、気になるんだ」

じっと見つめられた。一瞬どきっとしたが、思い切って言った。

「お槇さんが、好いた人と添い遂げられるようにしてあげたいからです。でも、もし鶴を彫ると、お槇さんはおっかさんを置いて家を出てしまうかもしれません」

「おっかさん」

「はい」

茂造は、ふっと考える顔になった。

「おれは、母親のお袖さんを知っている。昔何度か『丁字屋』を使ったことがあるからな」

「じゃあ、お槙さんもその縁で」

「おれのことを、覚えていたのだろう。それに、お袖さんの体にも、仕事をしたことがあった」

「えっ、あの女将さんにですか」

「そうだよ、左足の腿の付け根に、蝶《ちょう》の彫り物をした」

「蝶……」

「麝香《じゃこう》あげはさ。触角が蜜《みつ》のありかを探っている、香気を出す蝶さ」

今まで見えなかったものが、すっと見えてきた気がした。心の臓が、じんと熱くなった。

「それは、いつのことだったのでしょうか」

「うむ、それははっきり覚えている。彫り上がったのは、ご亭主の亡くなる前日だった。蝶次さんを喜ばせるために彫るんだと言っていたが、はたして見せられたのかと、気を揉《も》んだくらいだったからな」

「彫り物は、とても痛いと聞きましたが」

「痛いよ。お袖さんは、ひどく痛い時にはご亭主の名を呼んだね。辛抱強く、細かな仕上がりが済むまでやってきた」

「それだけ、蝶次さんに惚れていたわけですね」

「だろうよ」

その時唐突に、おれんは蝶次を殺したのは、やはりお袖だったのではないかと思った。

惚れても惚れても、次から次へと女を作ってきた亭主。蝶次が殺された日の前日、お袖は金を遣《や》って女に繋りを切らせたという。

ようやく自分一人のものになって帰ってきた蝶次だが、いずれまたどこかの女と繋りができてしまうのは目に見えていた。彫り物という形で自分の体に刻み付け、二度とどこへも行けなくしてしまおう。自分だけの男として、永遠に惚れ続けるために。

そのためには、生きていてもらうわけにはいかない。生きているのは、腿の麝香あげはの彫り物だけでいいことになる。

死骸《しがい》には、出刃包丁の刺し傷があった。おそらく夫婦としての最後の時を過ごし、酒を飲んで寝込んだ蝶次を、お袖が刺したのだ。自分の手で刺すことで、あるいは男の命を麝香あげはの彫り物の中に織り込めたと考えたかもしれない。

確かな証拠なぞ何もない。

あくまでもおれんの推測だけだ。しかし死後七年間、それでもお袖のように男に惚れ続けることができるとは、普通ならば考えられない。今でも蝶の彫り物の中に、蝶次が生きているからに違いないだろう。

ただ気になるのは、死体が大川に浮いたことである。どこで殺したのか。家の中での犯行ならば、部屋にそのままにしておくわけにはいかなかった。

お袖の部屋は、河岸に面していた。引きずって行けばできないことはなかろうが、女手一つでは難しそうだ。誰かに気付かれればおしまいだ。その痕跡《こんせき》も、どこかに残ってしまうだろう。

すると、誰かが手伝ったことになる。

それは錠吉ではないか、他には考えられない。お袖のすることに黙って手を貸し、後一切口にしない。お袖に命を救われた錠吉だからこそ、できた話ではないだろうか。

「どうしなすったね」

茂造の声で、おれんは我に返った。

「ごめんなさい。でも、もう一つだけ教えてください。それでお槙さんは、女将さんの蝶の彫り物については知っていたのでしょうか」

「さあ、どうだか。ただ女同士のことだ、いくらおっかさんが隠しても、長いうちには気付いただろうよ」

お槙は、お袖が蝶次を殺したと考えているにしろいないにしろ、男を一途《いちず》に思うという姿を、母親の中に見詰め続けてきたのは間違いなかった。しかし今のお槙には、鶴吉の命を自分の体に彫り物で残す必要はない。

添い遂げれば良いのである。

そのためには、お槙は彫り物までを考えている自分の鶴吉への思いを、きちんとお袖に伝えなければならない。いくら強情でも、蝶次をここまで惚れ抜くことのできた女なら、お槙の女としての気持ちが分からぬはずはない。それでもまだ鶴吉が駄目なわけがあるのなら、その時こそ腹を括《くく》るべきである。

母娘の間が拗《こじ》れているのならば、誰かに間に入って貰えばいい。

この役目には、適切な人物が一人だけいる。錠吉だった。

おれんがした蝶次殺しの推測が、当たっているかどうかは分からないが、お袖に腹を据えてものを言えるのは他には浮かばなかった。

早急に錠吉に会いたいと思った。お槙のことだけでなく、お袖と蝶次のことについても、ぜひ話を聞きたかった。

茂造の家を出た。先刻ここを出ていったお槙の、物思いに沈んだ顔がおれんの脳裏にはっきりと残っていた。男を好きになって悩む女。

「でも……。私だって、悩んでいる」

おれんは、小さくそう声に出してみた。弥吉も郷太も、今は江戸にいない。

九

大川にかかる夕日が、水面を淡い朱色に染めていた。雉子《きじ》が四、五羽、川上に向かって飛んで行く。

おれんは、びんだらいを足下に置いたまま、船着き場の杭《くい》に腰をかけていた。その横で錠吉が、片膝《かたひざ》を立ててしゃがんでいる。『丁字屋』を利用する客がやって来るまでには、しばしの時があった。

彫物師茂造の家から、おれんはそのままこの花川戸町へ足を向けてきた。客を送って出たというのを待って、ようやく錠吉をつかまえた。

「お槇さんと鶴吉さんのことを、女将さんに許してもらえるように頼んでほしいんです」

「ほう」

　錠吉は、静かにおれんを見上げた。

「お槇さんにでも、頼まれたのかい」

「いえ、そうじゃありませんが」

　日に焼け、酒焼けした顔に、夕日の朱色がかかっていた。この老船頭がいつもおれんに優しいのは、猪牙舟の船頭をしていた父親の栄造を知っているからである。どこかで、自らの娘に対するような思いを持っているのかもしれなかった。

「おれんさんの頼みでも、それは無理だろうよ。おかみさんは、鶴吉はだめだと言っている」

「どうしてでしょうか」

「はっきりは言わないが、たぶん器量が良すぎるからだろう。二枚目の男には苦労をする。鶴吉は悪い男じゃないが、やや気が弱い。そういう男は、言い寄ってくる女にも弱い」

「女将さんは、男前のご亭主に苦労をなさったからですね」

「だろうな」

「でも、死んだ後までずっと、ご亭主に惚れ続けて過ごすことができた。それは幸せじゃあなかったのでしょうか」

「それはそうだが。そうなるためには、辛い思いもあったはずだ」

錠吉の眼差《まなざ》しに、瞬間哀れみのようなものが流れた。しかしそれが誰に対してのものかは、分からなかった。

「蝶次さんを、殺してしまったからですか」

おれんは腹を決めて言ってみた。この話題に触れないでは、話は進まない。

「どうして、そう考えたんだい」

ふっと体を強張らせたが、錠吉は怒っていなかった。おれんは、先刻茂造の家で考えたことを話す。お紬の彫り物についてや、錠吉が手を貸したのではないかという疑問も、考えたことはすべて話した。

「よく調べたな、岡っ引き顔負けだ。腿に蝶の彫り物など、誰も気付かなかった。わしも知らなかった。まあそれならば、いつまでも蝶次さんと一緒にいる気に、なれただろうがな」

錠吉はすっと立ち上がると、遠くを見る目をした。大川を染める夕日の色は、濃さを増していた。広い川は、静かに流れている。

「おれんさん、あんたの考えはおおよそは間違っていない。だが、お袖さんは蝶次さんを殺してはいないよ」

「えっ」

まさかそんな……。おれんの気持ちの中では、すでに確信に近いものになっていた。錠吉はお袖をかばうために、嘘をつこうとしているのだろうか。

「ほんとうさ、かばって言っているわけじゃあない。第一、いくらなんでも自分の手で刺し殺した亭主に、いつまでも惚れてはいられないだろう。いくら腿に彫り物があったとしてもさ」

「じゃあ、どういう」

「はっきり言ってしまおうかね」

錠吉はわずかに思案した後で、おれんの顔をじっと見た。いつもの優しい目だった。

「十一年前の冬、わしは女房とあんたほどの年の娘を火事で亡くした。それまでは怖いものなど何もなかったが、あれは身にこたえた。やけで仕事もせずに酒を飲んで荒んだ暮らしをしていたが、ある日雪の中で行き倒れた。助けてくれたのはお袖さんでね、そのあとも何くれとなく身を案じてくれた。わしのことに親身になってくれた女は、死んだ女房以来だった。だから、あの女将さんのためならば何でもしようと思ったのさ」

「…………」

「女将さんが亭主に惚れ抜いて、ずっとてめえの手元に置いときたいと考えていたのは知っていたさ。あの晩は、女に手を切らせて蝶次の旦那と仲良く帰ってきた。そのまま二人で飲んでいたが、夜も更けてから、女将さんがわしを起こしに来た。そっと舟を出してほしいというわけさ。顔付きが深刻で、手に手拭いに包んだ出刃包丁を持っている。ひょっとして、もう殺しちまったのかと勘ぐったぐらいだった」

「それで」

「蝶次さんは、酒を飲んで寝ていたよ。お袖さんは、てめえでは刺そうと思っても、どうしても出来ないと言って、泣いた。自分は気持ちが激しいから、どうせこのままいけば悋気でどうにもならなくなる。それなら、いっそ刺し殺しててめえも死のうということだったらしい。だが、それがどうしても出来ない。それで舟で大川の先に出て、二人で水に落ちようと覚悟を決めた。無理心中と言うわけさ。わしは女将さんの言うことならば何でも聞くつもりでいたから、その通りにしようと考えた。しかしその時、それまで酔って寝ているとばかり思っていた蝶次さんが起き上がった」

「…………」

「そこまでおまえが、本気で自分のことを好いていてくれるとは嬉しいと、蝶次さんは言ったんだ。いつになく、思い詰めた顔をしていた。今にしてみると、蝶の彫り物のこともあったんだろうが、それならおれの命をお袖にやろうじゃないかと言って、女将さんが手にしていた出刃包丁を取っていきなり胸に突き刺した」

「まさか」

おれんは息を詰めた。

「そうさ、驚いたね。そこまでのことができる人だとは考えていなかったからな。まあ、しょうもない自分に、ほとほと嫌気がさしていたのかもしれねえ。あの頃は『丁字屋』もうまくいってなくて、苛々《いらいら》していなすった。女将さんがいたから、潰《つぶ》れなくて済んでいたが」

「お袖さんの思いが、通じたわけでしょうか」

「うむ、まあそう感じたね。そして息が切れるというおりに、後を追って死ぬと泣いて縋《すが》る女将さんに、あんたは娘のために死ぬなと蝶次さんは言ったのさ」

「それで錠吉さんは、死んだ蝶次さんを永代橋の先まで運んで流した」

「そういうことだ」

お袖が、今でも蝶次に惚れ切っているわけを、おれんはようやく呑み込めた。そこまで繋りあえた男と女なら、蝶の彫り物を通して思いを分かち合うことが出来たのだろう。

どうということもない船宿の、死んだ亭主と女房。だがその二人の間に交わされる絆には、とうてい自分は及ばない。弥吉にしても郷太にしても、おれんはお袖ほどの恋情をはたして持っているだろうか。

「さて、それじゃあ」

錠吉が、舟の艫綱《ともづな》を解き始めていた。そろそろ客を迎えに行く刻限が来たのかもしれなかった。表情に、話してむしろすっきりしたという印象があって、それは聞いたおれんにしても同感だった。

「お槇さんのことだけど、あの人も腿に鶴の彫り物をしようとしています。そして、鶴吉と一緒に『丁字屋』を出るつもりです」

「分かったよ……」

「ほんと」

「ああ。お槇さんも、表面はおとなしそうだが、思い込むと親譲りできかないところがある。お袖さんにしてみれば、好いた男に死なれるようなことが、お槇さんにはないようにと、願ったんだろうな。ともあれ話してみようじゃないか」

「ありがとう」

気がつくと、辺りにははや薄闇が立ちこめていた。遠く川下を見ると、沈みかけた夕日が川の水面と混ざり合って、そこだけ炎が立ち上っているように見えた。

十

おれんは、午後の日だまりの中でびんだらいに入った道具の手入れをしていた。今日は昼過ぎに髪を結いに行かなくてはならない家があったが、明日に回してもらうことになっていた。

郷太が、いよいよ江戸に帰ってくる日である。

昨夜、甚五郎親分の使いの者が来て、知らせてくれた。はりきって出かけた小田原行きだったが、蔦次を始めとする贋金造りの一味には、今一歩のところで逃げられてしまったということだった。

「ずっと探していたんだから、がっかりしただろうね」

お松は言ったが、おれんにしてみれば、無事に帰って来るだけでも嬉しかった。

予定の十日よりも、四日ほど日にちが過ぎていた。

びんだらいの引き出しを開けると、櫛の並んだ下に懐紙がていねいにしまわれている。もうどれくらい出しては眺め、ため息をついたことだろう。あの神田川沿いの柳原の土手の道で、おれんは郷太と会った。空には、風もないのに柳絮が舞っていた。

まるで春の雪のような綿毛を、おれんは一つつまんで、こうして懐紙に挟んでいつも持ち歩いていた。持っているだけで、郷太のあの日の面影が浮かんでくる気がするからだ。

旅から帰ってきたら、おれんは一緒になろうと言われた返事をしなくてはならない。返す答えは、すでに決まっていた。

「お袖さんは、お槇さんと鶴吉さんが所帯を持つのを、許しましたよ」

三日ほど前、錠吉がわざわざ知らせに来てくれた。

「くれぐれも、余所《よそ》に女を作るのだけは止めてくれと、くどく念を押していましたっけ」

おれんは錠吉と目を見合わせて、ちょっと笑った。余所に女を作られるのは嫌だが、それでもお袖は蝶次に惚れた。そういう自分のことは棚にあげて、娘を他の男と添わせようとしたのである。

郷太が恋しい。

懐紙に挟まった柳絮を見詰めながら、おれんは胸の内で何度もつぶやいた。その思いに嘘はない。しかし、だからといって永代橋で別れた、弥吉を忘れたわけではなかった。今でも好きかと言われれば、正直な気持ちで「はい」と言える。

郷太が恋しいのは、手を伸ばせば届く距離にいるからではないかとも考える。弥吉に手が届けば、その思いはどうなるか分からなかった。

お袖のように、生涯をかけて一人の男に惚れ込みたい。だがそのためには、今自分が結論を出すのは、早い気がしたのである。

「もう少し、気持ちがはっきりするまで待って」

おれんは、そう答えるつもりだった。

じっとしていると、足音が聞こえた。聞き慣れた、懐かしい音である。柳絮の舞う土手の道を、こちらに向かって一心に歩いてくる男の姿が、瞼《まぶた》の裏に浮かぶ。

おれんは、ふっと胸の高鳴りを覚えた。そして一度、心の臓の辺りを軽く手で押えてから、郷太を迎えるために立ち上がった。

第四話　初物の真桑瓜《まくわうり》

一

庭の垣根の向こうから、蚊帳《かや》売りの声が聞こえた。初夏の日差しが、縁先を照らしている。

おれんは、額に流れてくる一筋の汗を手の甲で拭《ぬぐ》った。もう四半刻《しはんとき》（約三十分）以上も髪を梳《す》いているのだが、まだ思うようにまとまらない。癖毛である。おまけに客は髪油を使うのを嫌がるので、水だけで形を整えなくてはならない。

なかなかの難物だった。いつもより少しでも抜け毛が多いと、腹を立てる。

「いつまでやっているんだい。もう九つ（正午頃）になっちまうよ」

苛立《いらだ》った客のお常《つね》が、とうとう嗄《しゃ》がれた声を出した。

肩にはおった手拭いを、乱暴に手で払い落した。

「あーあ、お松さんは上手だったねえ。腕が思うように動かなくなってからでも、あんたよりはよほど手際がよかったよ」

「ごめんなさい、もう少しですから」

おれんは落された手拭いをひろい、抜けた毛をいったん払ってから、もう一度お常の薄いが横幅のある肩にかけた。

「神田小柳町の姉妹髪結と言やあ、ちょっとは知られたもんらしいけど、妹のほうは姉のお松さんには足下にも及ばない。修業をおしよ」

「はい」

おれんは、再び髪を梳き始めた。

「で、あんた。年はいくつになった」

「十九です」

「ふうん、じゃあもう一人前になっていい頃じゃないか」

おれんは十六の時から、びんだらいと呼ばれる道具箱をぶら下げて、一人で客のもとを廻《まわ》っていた。近頃では腕を上げたと褒められても、そのような言葉を投げられることは一度もなかった。

むっとする気持ちを、ぐっと堪《こら》えた。

浅草森田町代地《もりたちょうだいち》に住むお常は、両国広小路で『おかめ屋』という矢場を商っている。五、六人ほどの姿のいい若い女を使って男客を集め、場合によっては寝間の相手もさせて荒い稼ぎをしていると、もっぱらの評判だ。小さい体つきではないが瘦《や》せじしの狐顔の女で、もうじき六十に手が届くという年配だった。『おかめ屋のきつねばばあ』は、本人がいない時の周りの者たちの呼び方である。

前回までは、姉のお松が通っていた。三年前に腕の筋を傷付け、喘息《ぜんそく》の病を持つようになってからは、客を徐々に減らしている。特に遠出の客は、ほとんどをおれんが肩代わりして廻るようになっていた。容態がいっこうに良くならないからだが、お常のところだけは無理を押してやって来ていた。

しかしお松は、とうとうそれもできなくなった。寝込むことが、多くなってしまったのである。

「ごめんなさい、ちょいとお話が」

どうにか元結を束ねてその髻《もとどり》を分けていると、おれんと同じ年ごろの女が入ってきた。お常とは比べ物にならないくらい艶《つや》のある真《ま》っ直《すぐ》な黒髪をしていた。

「なんだい、おたよじゃないか」

不機嫌さが残ったままの声で言った。鏡を見ている目は動かない。

「はい、実は先日お話ししたことなんですが」

おたよと呼ばれた女は、言いにくそうに口にしてから、ちらとおれんを見た。おれんは知らぬふりをして手仕事を続ける。

「おまえ、今日は早出だろう。何をぼやぼやしているんだい、店のお客を待たせているんじゃないよ」

「すいません、家から人が来ていたもんで」

「そんなこと、あたしゃ知らないね」

「はい」

おたよの声が、ふっと消え入りそうになった。

この森田町代地のお常の家は、女の一人住まいとしては広い。相撲崩れの用心棒で兼吉《かねきち》という男と、下働きの女中がいるきりだ。しかし敷地の隅に棟割り長屋が一棟あって、両国広小路の『おかめ屋』で働く女たちを住まわせていると、おれんは聞いていていた。

おたよは『矢返し』という、矢場に落ちた矢を拾う仕事をしている女だった。もちろん場合によっては、他の仕事もしているのかもしれない。髪形は、素人女のものではなかった。

お常は矢場の女たちに、お松やおれんから髪を結ってもらうことを許さなかった。

他の髪結が来ている。

奉公人たちの髪をいじった手で、自分の髪を触られるのが嫌らしかった。

「おっかさんの具合が、良くないって知らせでして」

おたよが言っている。

「それで、また銭を貸せってのかい。いいよ、いくらだって貸すが、あんたの覚悟はできてんだろうね。後になって四の五の言われちゃかなわないよ」

「ええ、まあそれは……」

実はお常は、矢場の女将《おかみ》というよりも、高利貸しとしての方が有名だった。過酷な取り立てをするから、お常から金を借りることは、首括《くびく》りに二歩も、三歩も近付くようなものだとまことしやかに語られている。お常のために泣かされた者の名を挙げたらきりがないと、おれんは何度も聞かされた。

「はっきり腹を決めといで。あんたなら、十両や十五両にはなるだろうからね。その他の銭は貸せないよ。これまでの貸金も、たまっているんだ」

「…………」

「客の選《え》り好みをしないで、何だってするんだね。分かったらお行きよ」

おたよはそれでも何か言いたそうにしていたが、出ていった。おれんは気付かれないようにため息を吐《つ》いた。

このお常の、癖の悪い髪をこれからも結っていかなくてはならないのか。考えただけでも、気が重くなってきそうだった。

剃刀《かみそり》で、おれんはお常の衿足《えりあし》をていねいに剃《そ》った。髪の癖の悪さと比べて、肌は滑らかだった。実際の年齢にはとても見えない。手入れの良さを感じさせた。

「ご苦労さまでした。出来上がりです」

刃先を、手拭いで拭《ふ》く。紺地に算盤玉《そろばんだま》手綱取り紋様の新しい手拭いは、今朝出がけにお松が持たせてくれた。

「まったく手間がかかったね。次からはしっかりやっておくれよ。お松さんが良くなるまでの繋《つな》ぎだって、手抜きは許さないよ」

「はい、気を付けます」

お常は手鏡を、髪のあちこちに這《は》わせて仕上がりを見たが、舌打ちすると「まあいいか」と呟《つぶや》いた。

「さあてと」

おれんが道具をびんだらいにしまうのを横目で見てから、お常は大きな声で女中を呼んだ。なにやら囁《ささや》いてから、着替えを始めた。おれんには構わない動きぶりで、お茶でも飲めと言う気配もない。

手早く片付けを終えると、おれんは座り直しててていねいに礼を言った。早くこの家から出たかった。

この半年あまり、浅草蔵前から内神田の辺りに押し入る盗賊が出没していた。物持ちの家を狙って入るのだそうだが、場合によっては人も平気で殺す凶悪な連中だと噂になっている。ふっとおれんは、この家にこそそういうやつらが押し入ったらいいのではないかと、不埒《ふらち》なことを考えた。

「ああ、ちょいとお待ちよ。持ってってもらうものが、あるからさ」

お常にそう言われて、おれんが不審に思っていると、先ほどの女中が手に見事な出来の真桑瓜《まくわうり》を二つ持って現われた。

「お松さんに持っていっておくれ。早く元気になってもらわないとさ」

手に持ってみると、すでにだいぶ冷えていた。

淡い緑のしまのある実を、おれんは鼻の前に持って行く。瓜の甘いにおいが、ぷんと鼻に残った。

初物である。おれんは、真桑瓜を今年初めて見た。まだ、その辺の店ではどこにも売っていない。値が張ったに違いなかった。

「あのう、ほんとうに、いただいていいんですか」

半信半疑の言葉が出た。仰天している。人を泣かすことはあっても、あこぎなだけの金貸しお常が、このような思い遣《や》りを示す。そんなことがあるとはとても信じられない。

「ああ、お松さんにね。あの人は瓜が好物だろう」

奇異なものを持つようにして、おれんはお常の家を出た。

二

闇の中に、しゅるしゅると火の玉が上がってゆく。ぱんと弾《はじ》けて、大輪の花が咲いた。目にも鮮やかな、輝く花だ。それが瞬く間に夜の空に呑《の》まれて消えた。

花火が上がるたびに、歓声とともにため息ともつかぬものが、詰めかけた群衆《こだま》から上がって行く。二発、三発と続けて打ち出されると、歓声はそのまま空に谺する。

「たまやー」

「かぁぎやー」

ひときわ通る声が、歓声の間を駆け抜けた。

大川の川開き。

おれんは郷太に連れられて、両国広小路の雑踏を歩いていた。人とぶつからなくては前に進めない。

おれんはさっきから、郷太に手を握られていた。こうでもしなければ、もうとうにはぐれてしまっていただろう。だがそんなふうに、男と手をつないで歩くのは初めてだった。気付かぬふりをしているが、手に汗をかいている。

郷太は四つ年上の二十三歳。おれんと同業の髪結だが、蔵前の岡っ引き甚五郎の手先も務めている。一年前に一緒になろうと言われてから、今日まで返事らしいことはしていない。

「ごめんなさい」

「なあに、ふんぎりがつくまで、迷ったらいいさ」

一度だけそういう話をしたことがある。それからは、郷太は二度とこのことを話題にしなかった。知り合って三年。姉との女二人きりの心細い暮らしを、どれほど助けてもらったか分からない。

申し訳ないと、おれんはいく度も思った。

おれんが、迷いながらも郷太に返事をできないのは、弥吉という将来を共に過ごそうと決めた相手がいたからである。

二親を亡くして姉に引き取られ、髪結としての修業をしていたときに知り合った。うれしいことや悔しいことを、二人で分けた。

ところが三年前、弥吉は絡まれたやくざ者をあやまって殺してしまい、八丈に島流しになった。以来、音沙汰《おとさた》はないが、昨年赦免舟があってその時に弥吉の無事を知ることができた。

何があろうと待っていよう。あの人もきっと、いつかは自分と所帯を持つことを夢見て、苦しみに耐えているのに相違ない。そう信じて過ごしていた。

島暮らしの過酷さは、八丈帰りの者からも直《じか》に聞いている。

おれんにとっても、三年は長かった。そしてこれから先、どれほど待たされることになるのだろうか。見当もつかない。生涯帰ってこないことも、ないとはいえなかった。

「喉が渇いただろう、さあ飲みねえ」

郷太が水あめを買ってくれた。

人にぶつからぬよう、気遣って歩いてくれていることに、おれんはとうから気付いていた。言葉や行いに粗暴な一面があるのは事実だが、辛抱強く相手を思い、いざとなったら労を惜しまず動いてくれる。近頃では何か事があった時に、ふっと胸の内で話しかける相手が変わっていた。弥吉ではなく、郷太になっている。

あと一押しされたら、おれんは自分がどうなるか分からない。

しゅるしゅるどんと、また花火が上がった。一瞬の明かりが、見物の人たちの顔を照らす。

両国橋の欄干にもたれて、しばらく花火を見た。肩と肩が触れ合う。握り合った郷太の手のぬくもりが、とても気持ちをやすらかにしてくれる。仕事の面ではお常のような気の重くなる客もあったが、おおむね順調。だがお松の具合だけは、はかばかしくなかった。

雪のように膚《はだ》の白い女。

それがますます増して、血まで吐いた。喘息だけでなく、労咳《ろうがい》までも併発してしまったのである。お常を含めて、出仕事は一切できなくなった。

おれんには、お松の命がいとおしい。たった一人の姉である。

その寝顔を見詰めながら、おれんは不安に震えた。

もし郷太がいなかったら、自分はどうしていただろう。そう感じて、握っている手の力を強めた。

見詰め返されてはっとした。

「花火がきれい」

「うん、なんだい」

「郷太さん」


おれんは、そうごまかして視線をずらした。するとすぐ欄干のすぐ近くに、つい昨日会ったばかりの『おかめ屋』のおたよの姿が目に入ったのだ。花火が破裂するたびに、目鼻立ちのはっきりした顔に影ができている。

よく見ると、おたよは一人ではなかった。

印半纏《しるしばんてん》を着た、二十一、二の男と一緒なのである。おれんと郷太のように、二人はそっと手を握り合っていた。初めは矢場の客か何かかと思ったのだが、男の顔に見覚えがあった。蔵前辺りでよく顔を見かける、定斎屋《じょうさいや》の粂七《くめしち》だった。

好いた男と花火を見るために、店を抜け出して来た。初めはそういう二人に見えたが、不思議なことにおたよも粂七も、花火を見ている様子はなかった。しきりに話し込んでいる。どちらかが、時おりため息を漏らしていた。

おれんは、昨日のおたよとお常のやり取りのことを思い出した。母親の具合が悪く、銭が欲しい様子だった。場合によっては身売りしなくてはならないという話で、粂七とおたよの顔付きはそれを裏付けている。

　同じ年ごろの娘として、おれんの胸に痛むものが湧いた。

「どうしたんだ」

　郷太も、後ろを振り返った。

「あれは、定斎屋の粂七じゃあねえか」

「知っているの」

「ああ、同じ長屋だからな。それに女は、『おかめ屋』の矢返しのおたよだ。あいつら、できていやがったのか」

　郷太は、どちらもよく知っていた。森田町代地は親分の甚五郎の縄張り内だ。

「男と油を売っているわけか。あの『きつねばばあ』に知られたら、きつい折檻《せっかん》ものだぜ、きっと。ここ数日は、特に苛々しているからよ」

「何かあったの」

　おれんはお常の顔を思い出して、昨日の不快さが蘇《よみがえ》ってきた。

「どうも、例の盗賊に狙われているらしいのさ」

「えっ、何人も人が殺されたっていう」

「そうだよ。賊の仲間に、弦造《げんぞう》という三十年配の男がいる。元は小さな金物屋だったらしいが、お常から高利の金を借りて首が回らなくなった。あのばばあの取り立ては厳しいからな。相撲崩れの兼吉に、家の中で毎日しこを踏ませたんだ。やられる方はたまったもんじゃねえ」

「酷《ひど》いね」

「そうさ。それで弦造の女房はおかしくなって、子を抱えて井戸に飛びこんじまった。それから、弦造は人が変わった。盗賊の仲間にも入ったんだが、きっとお常に女房子供の意趣返しをするんじゃねえかと、もっぱらの噂なのよ」

「恐ろしい」

「どっちがだい」

　郷太は意地悪そうな顔をして、にっと笑った。

「周りじゃあ、いいきみだ。早くやらねえかと囃《はや》し立てているぜ」

　気が付くと、おたよも条七の姿も見えなくなっていた。

　あの二人、どうするのだろう。おれんはお常にやり込められていた、おたよの弱い声音を思い出した。金がどうしても欲しいなら、言うことを聞かなければならない。

　たとえどんなに好いた男が、身近にいてもだ。

「たまやー」

すぐ横にいた、鳶《とび》の半纏を身に着けた男が大声で叫んだ。花火のはじける音が、ひときわ響いておれんの耳に残った。

三

庭にある鬼灯《ほおずき》に、小さな白い花が咲いていた。水をやった跡があって、夕日が薄く花を染めていた。

おれんは、びんだらいをぶら下げ客から貰《もら》った紙包みを抱えたまま、しばらく可《か》憐《れん》な白い花を見詰めてから家に入った。

「おや、お帰り。早いじゃないか」

お松が台所の土間に立って、きぬかつぎを茹《ゆ》でていた。白い湯気が上がっている。それがおれんの気持ちをふうっとくつろがせた。お松の顔色は、悪くない。

「具合が良さそうで、よかった」

いつも食事の用意は、おれんがしていた。食の細い姉のために、好物を膳《ぜん》に載せられるように気を配っていた。

「須田町《すだちょう》の村田屋《むらたや》さんで、髪を結い終ってからくれたの。松姉ちゃんにって」

手に持っていた紙包みを、お松に見せた。村田屋は水菓子の問屋である。受け取った時から、香りで真桑瓜なのは分かっていた。

「まあ、おいしそう」

包みを広げてみてから、お松が言った。なるほど大きさといい色つやといい見事な出来だった。だが、二日ほど前にお常に貰ったものから比べると、大きさも皮のつやもやや劣っていた。

あの日、おれんはお常のくれた初物の真桑瓜を持ち帰ってから、さっそくお松と食べた。口の中に入れただけで、とろけるような味わいで、食べ終えてからもしばらくはその甘味が残っていた。

お松の好物と承知していたからこそ、お常は初物を吟味して求めてきたのに違いなかった。嫌われ者のあこぎな金貸し『きつねばばあ』のすることとは、とても信じられない。

けれどもお松の方は、少しも気にするふうもなく食べていた。

お常は、しきりにお松の髪結としての腕を褒めていたが、よほど二人はうまくいっていたのだろう。おれんのお常に対する愚痴を、お松は笑いながら聞き流した。

それにしても、お常はどうしてあんなに酷い女になってしまったのか。生れた時から、ああではあるまい。昨日郷太が話していた、兼吉にさせた弦造の女房への嫌がらせは、とても普通の人間ならば出来ないことだ。

「松姉ちゃんは、金貸しのお常さんが、嫌ではないの」

思い切って聞いてみた。仕事の面では、どんな相手でも関わらなくてはならない。しかし、いくら商売でも気持ちの中で感じるだけならば勝手なはずだ。

「私だって、お常さんが酷い人だなって考えたことは、あるよ。もう少し優しい気持ちを持っていてくれたならば、あの人は、あるいは死なないで済んだかもしれないって、思ったことがあるからね」

「あの人」

「そうだよ、吾平さんのことさ」

「えっ、吾平さん」

その名を、おれんが忘れるはずはなかった。お松が、これまでにたった一人だけ心底好いた男の名なのだ。

「その吾平さんが、どうしたの」

「あの人の死んだおとっつぁんは、お常さんの弟だったのさ」

「すると、二人は」

「そうさ、血の繋《つな》がった伯母《おば》と甥《おい》さ。他に江戸には身内はいない」

「じゃあどうして、吾平さんがしくじりを起こした時に、助けてあげなかったの」

　怒りが湧いた。そういうお常とうまくやっていたお松に対しても、おれんは釈然としないものを感じた。

「だから私も、酷い人だと思っていたさ。でも、あの人が死んで半年ほどしてから、使いが来た。お常さんは私に髪を結って欲しいって。私が吾平さんと好き合っていたことは、知っていたんだね」

「…………」

「癖のある結いにくい毛だったから、手こずった。だけど、一言も文句を口にしなかった。そして吾平さんのことも、めったに口には出さない。ただ私には、時おり優しい言葉をかけてくれたり小遣いをくれたりした」

「そう」

　初物だった真桑瓜の香が、鼻に残っていた。

　おれんは、しかし釈然としない。あれから昨日今日と、聞けるところからお常の噂を聞いている。ろくなものはない。甥っ子でさえ、平気で見捨ててしまうような不人情な金貸しの姿があるきりだった。

森田町代地に古くからいる乾物屋の隠居の老婆が、髪を結っている時にお常について話してくれた。

お常は元はといえば、深川の材木屋の娘だったという。だが父親が投機的な商売に失敗し、幼い頃から他人の家を転々とした。父親は金に物を言わせて商いをするような男だったらしく、恨みを持っている者も少なくなかった。助けてくれると思っていた相手のあてが、何度も外れた。

金の恨みが身に沁《し》みたのはこの辺りでだろう。

ただ『きつねばばあ』も、若い頃は美形で男出入りが絶えなかった。衣装や髪形には気を遣って、流行の先端を行っていた。俗に言う小股《こまた》の切れ上がったいい女で、金のある男なら食いついて離さなかった。媚《こ》びることも、様子を見ながらだだをこねることも、相手を持ち上げることもうまかった。

鼻の下の長い連中を食い物にして銭をため、今日の金貸しのもとを作ったのである。

「ほんとに、したたかな女だよ」

乾物屋の老婆は、ため息をついて言った。

吾平の父親は、堅実な舂米屋《つきごめや》の番頭だったと聞いているが、そういうお常とはほとんど関わりを持っていなかったのかも知れない。しかし吾平は、死ぬほどの立場になった時、疎遠な間柄であったとしても、財力のある伯母に助けを求めたはずである。

お常はそのたった一人の甥の、切実な願いを聞き入れなかった。

「さあさあ、ご飯にしようじゃないか」

考え込んでいるおれんに、お松が言った。行灯《あんどん》に火をつけた。

女房子供を殺されたも同然の弦造は、盗賊の仲間に入ってお常の家を狙っているという。それが、どこまで事実かどうかは知らないが、もしかりに入られたとしても、やはり他の人たちと同じように、おれんはかわいそうだとは考えない。

お松に優しいのは、亡くなった甥吾平と縁があった者だからだ。それならば、身の内にある後ろめたさを、ごまかしているだけではないのか。それも身勝手で狡《ずる》い話だと、思うのだった。

四

ぬるま湯に櫛《くし》をひたしながら、おれんは癖のある髪を梳いてゆく。流れに逆らわず、力を入れすぎず、自然に馴染《なじ》んで行くのを待つ。二度目になると、お常の髪は、いくぶん結いやすくなった。

髪の癖を呑み込めてきたのである。

まだ朝も早いうちだというのに、油照りで暑くなりそうな日和《ひより》だった。庭で蟬が鳴いている。

「お松さんのあんばいはどうだい」

「はい、まずまずです」

おれんは、初めの挨拶《あいさつ》をしたきり、ほとんど口をきかないで髪を結っていた。初物の真桑瓜を貰ってから五日目である。お常も、それきり何も言わなかった。じっとして鏡を見ている。

考え事でもしているのか、時おり小さな声で何かつぶやくが、おれんには聞き取れなかった。

なるべく話などしないで、仕事が済めばいいと考えていたので、これは都合が良かった。黙って手を動かしていると、おれんはいつの間にか郷太のことを考えていた。両国の川開きの晩に会ったきりである。用があっても、なくても、これまで郷太は三日にあげずに小柳町の家に顔を出していた。

初めの頃は厄介に思ったものだが、今ははっきりと待っている。来ないと自然に不機嫌になった。

もう顔を見なくて、四日目になっている。どうしているのだろうか。例の盗賊の捕り物でも起こっているのだろうか。郷太の長屋は、お常の家からもそう遠くない浅草福井町《ふくいちょう》だが、覗《のぞ》いてみようかと考えていた。知り合って何年にもなるのに、おれんはまだ出かけて行ったことがなかった。

「ほら、手がお留守だよ。なにぼやっとしているんだい」

いきなりお常に、きつい声をかけられた。元結の結びが甘くなっていた。

「ごめんなさい。すぐにやり直します」

おれんは慌てて、髪の束を持ち直し櫛を入れた。

そこへ、十七、八の娘が走り込んできた。おたよの朋輩《ほうばい》の矢返しの女だった。

「おっかさん、たいへん。元鳥越町《もととりごえちょう》の薬種屋に今日の夜明け前、あの盗賊が押し込んだんだそうです。それで甚五郎親分とその手先が仲間を捕らえたって。表の通りじゃ大騒ぎですよ」

「本当かい」

お常の顔に、安堵《あんど》の色が走った。盗賊が捕らえられたと聞いたからだ。おれんも手を止めた。郷太が姿を見せなかったわけが分かって、おれんもほっとした。だが駆け込んできた娘の顔には、切迫したものが消えていなかった。

「でもおっかさん、賊《ぞく》の二人ほどは取り逃がしたそうで」

言った後で、娘は生唾《なまつば》を飲み込んだ。事の重大さが、分かっている様子だった。

「何だって」

お常はおれんの手を、うるさそうに払った。表情が、前よりも険しくなっている。

膝《ひざ》で進んで、矢返しの女の傍に寄った。顔を覗き込んだ。

「二人のうちには弦造が入っているようで、甚五郎親分の手先の中には手傷を負った人もいると聞きました」

「手傷を負った。それはそいつが、どじだからだよ。まったく、どいつもこいつも役立たずだねえ」

吐き捨てるように言った。

「あの、手傷を負った手先というのは、名が分かりますか」

心の臓が、どきりとしている。おれんが尋ねると、女は首を振った。命に別状だけはないようだと応じた。

とはいえ、穏やかな気持ちにはならない。

「何をぐずぐずしているんだよ。さっさと、済ましちまわないかい」

お常は苛立ちを隠さずに、おれんに言った。


おれんは、びんだらいをぶら下げたまま、福井町へ走った。箱の中で、道具がぶつかり合うかちゃかちゃという音が聞こえたが、立ち止まらなかった。

お常に何度も怒鳴られ、おれんはようやく髪を結い終えた。八つ当たりをされたようだが、おれんの心も乱れていた。わずかに指先が震えた。挨拶もそこそこに、家を出てきたのである。

命には別状がないという話だったが、事情によっては後でどうなるか分からない。お松の病は、両国橋から落されたのが最初の原因だった。

思うように進まぬ足が、もどかしい。

郷太の顔が、目の前にちらついた。身勝手と知りつつも、違う人ならいいと何度も考えた。

　やっとの思いで、おれんは郷太の住む久助店《きゅうすけだな》を捜し出した。長屋の井戸端にいたおかみさんに住まいを聞くと、戸口に走り込んだ。

「どうしたい、大汗かいてよ」

　暗い部屋の中で、目が慣れるのにごくわずかだが時がかかった。郷太が肩から腕にかけて白い布を巻いて、寝床に横になっていた。

　目が合うと、郷太が笑った。力が抜けたおれんは、思わず土間に膝をついた。

「入ってきなよ」

　言われて、おれんは気持ちを引き締めて立ち上がる。寝床の脇にぺったりと座り込む。男の、汗のにおいがした。

「でえじょうぶさ。ちょいと、匕首《あいくち》でかすられただけだ。心配にはおよばねえ」

　顔色も悪くはなかった。

　おれんは、べそをかきそうになるのを、ぐっと堪えた。

　目を見合わせると、涙が出てきてしまうかもしれない。それで、部屋の中を見回した。掃除はどうにかしているようだったが、行李《こうり》から衣類がはみ出していた。洗濯物らしきものが、部屋の隅に丸めてあった。

早くおかみさんを貰わなくっちゃね、と言いそうになって、おれんはすぐに言葉を呑み込んだ。枕元に、これだけは見慣れた郷太のびんだらいが、きちんと上に布をかけて置かれてあった。

「お腹すいたでしょう」

「ああ、手当のあとで親分が握り飯を持たせてくれたがな」

「じゃあ、味噌汁《みそしる》をつくるよ」

おれんは立ち上がった。郷太のために、何かをしたかった。

竈《かまど》に火を起こしていると、「ごめんなせい」と男が訪ねてきた。定斎屋の粂七だった。そういえば、郷太とは同じ長屋に住んでいるという話だった。

「賊の話を聞いてさ。お手柄だったじゃないか。それで、怪我の様子は」

「見舞いに来てくれたのかい。ありがとよ。だいぶ良いようだ」

郷太の元気な顔を見て、粂七はほっとした様子で帰って行った。

「あいつは働き者だが、人がよくて銭がたまらねえ。不憫《ふびん》だが、借金だらけのおたよとは、所帯は持てねえだろうな」

ため息をつくように出た郷太の言葉を、おれんは胸にちくりとする痛みと共に聞いた。

五

郷太の切り傷は、それほどひどいものではなかったが、刃物でかすられたという程度のものでもなかった。特に左の腕に出来た傷は、ふさがるのに十日くらいはかかるだろうという医者の診立てだった。

盗賊の一味も捕まるまいと、必死の抵抗をしたはずだ。

しかし二名の者を残して、町の人々を震撼《しんかん》させていた盗賊の一味を捕らえたことは、岡っ引き甚五郎の信頼を高めた。おれんにしてみれば、そこに一役かった郷太を誇らしくも思い、また危険と隣り合わせにいる岡っ引きの手先という仕事に、微《かす》かな虞《おそれ》を感じたのだった。

「すまねえな、毎日」

おれんは仕事を済ませると、福井町の郷太の家に寄った。遠くを廻るときは、朝のうちに寄って、食事の支度と洗濯をしてやった。

「無理して来なくていいからよ」

恐縮するのを、おれんはかまわず通った。

二日たち三日が過ぎると、郷太の家に寄ることが、ふっと昔から続いているいつもの暮らしのように感じるようになった。井戸端で洗い物をするおれんを、初めは好奇の目で見ていた長屋の女房たちとも、四日目の今日は笑顔で口をきくようになった。

「あんた、かみさんになるのかい」

そう聞かれて、不快な思いはなかった。

ふふっと、笑ってみせただけである。

三年前、初めて一人でびんだらいをぶら下げ客の家に行くことになった道すがら、おれんは自分の姿を掘割の水面に映して、飽かず眺めたのを覚えている。あの時のほんの少し気負った気持ちが、久しぶりにおれんの胸の奥から蘇《よみがえ》ってきた。

郷太の部屋の濡縁《ぬれえん》に、朝顔の鉢が置いてある。おれんが持ってきたものだが、淡い青色の花が二つ咲いていた。

「たんと、おあがりよ」

郷太の飯茶碗《めしぢゃわん》に、朝のごはんをよそう。作ってやったいんげんの胡麻《ごま》あえを、旨《うま》そうに口へ入れるしぐさを見て、おれんはつんと胸の痛みを感じた。

弥吉は、今頃八丈でどうしているだろう。たとえ粗末であっても、三度の食事を口にすることができているのか。過ごしやすい季節になったが、次は酷暑がやってくる。

自分には、なすすべがない。できることは、待っていてやることだけだ。

ただ、少し後ろめたさがある。

これまで郷太には、言葉では表わし切れないほどの世話になってきた。負傷をしたさいに、これくらいの恩返しをすることは当然だろう。だがおれんは、自分がこれまでの礼のつもりだけで世話をしているのではないと分かっている。

福井町の長屋へ通うことに、喜びがある。他人はごまかせても、自分はごまかせない。

だから弥吉がくれた鬼灯の鉢を、おれんはこの数日まともに見られなくなっている。手入れを、お松に任せたままになっていた。

「『きつねばばあ』のお常だが、今度浪人者の用心棒を、新たに一人雇ったそうだ」

食後の茶を啜《すす》りながら、郷太が言った。

「弦造という人が、まだ捕まっていないからかい」

「そうだろう、昨日《きのう》昼過ぎに来てくれた親分が話していた。賊も二人きりになって、どれほどのことができるか分からねえが、お常への恨みは消えちゃいねえだろうってね」

「でも、本当に押し入るんだろうか」

「さあ、高飛びするんじゃねえかと、親分は言っていなすったがよ。今は居所を探っているが、手掛かりはまだねえ」

一味が捕らえられた元鳥越町は、森田町代地からそう遠い距離ではない。どちらも甚五郎の縄張り内である。この数日でどうこうは分からないが、新しい用心棒を雇ったというお常の気持ちは分かる気がした。

表向きは何でもない顔をしているが、おれんは先日のお常の狼狽《ろうばい》ぶりを見ている。

「それでよ、あの『きつねばばあ』。親分のところへねじ込みやがったそうだ。なぜ早く捕まえないのかとね」

「まあ」

「さんざん悪態ついたあげく、帰りぎわにはころっと態度を変えて、二両の金を包んでお願いしますと頼んだそうだ。親分は面白くねえんで、金のほうは突っ返したらしいがよ。あのばばあ、けちであこぎな真似をする金貸しだが、てめえのためにならば、銭を出すのを忘れてはいねえようだ」

「ほんとに、そういえば」

おれんも昨日、お常の家で呉服屋の番頭が上物の反物《たんもの》を広げるのを、目を細めて眺める姿を見ていた。値の張る品を、無造作に二本ほど選んでいたが、おたよら店の女の前借りは、おそらく一文も許さないのではないかと思われた。もしそれを許すならば、きっと法外な利息を取るのだろう。

「そうそれで、例のおたよという矢返しの女。売られることにはっきり決まったらしいぜ」

「えっ」

「おたよの父親はよ、鍛冶《かじ》職人だったが胃の腑《ふ》の病で倒れて二年寝ている。弟と妹を抱えて、借金し『おかめ屋』へ商売に出た。かなり前借りもたまっているようだが、今度は母親がお乳にしこりをこさえて寝込んだ。お常に、拝むようにしてさらに前借りを頼んだが、いい顔をするわけがない。まとまった金がほしければ、もう身を売る以外にないと、あのばばあに因果を含められたわけさ」

おれんは、ある程度予想していたことだが、決まったと知らされると胸が痛んだ。両国橋の川開きの夜の姿が、脳裏に浮かぶ。定斎屋の粂七は、働き者の誠実な男だった。しかし振り売り稼業では、たいした実入りはないだろう。

所帯を持てば、良いおとっつぁんとおっかさんになれただろうが、それは叶《かな》いそうもない。

「お常はよ、女衒《ぜげん》に売り付けるにあたっては、てめえもしっかり儲《もう》けるんだろうぜ。今度は、粂七に狙われるんじゃねえかな」

「まさか、あの人が」

「そりゃあそうだが。お常ってえばばあは、弦造の他にも恨んでいるやつが、さぞかしいるはずだぜ」

お常の話をして、不愉快そうな顔をしないのは、お松くらいなものだと思った。およそ繋《つな》がりそうもない二人だが、吾平を通して何かがある。

「二、三日中にも、『おかめ屋』へ女衒が来て、連れていくそうだ。金を借りた以上、しょうがねえけどよ」

おれんは、おたよが連れられてゆく日の髪は、ぜひとも前夜自分が結ってやろうと考えた。出来ることだけは、すべてを尽くして餞《はなむけ》にしてやる。それが身売りをしなくてはならない者にしてやれる、唯一のことだと感じるようになった。

びんだらいをぶら下げて、郷太の家を出た。朝の日差しが強い。蝉が、降るように鳴いていた。

六

夜になっても、昼間の暑さが残っていた。

六つ半（七時頃）に、おれんは夕飯の片付けを済ませると、郷太の長屋を出た。家には帰らず、森田町代地のお常の家に寄ることになっていた。

明日、お常は朝のうち大事な客に会うとかで、ぜひ今夜のうちに髪を撫《な》で付けるだけでもしてほしいと、言ってきたのである。話を聞いてみると、おたよを連れに女衒も明日やって来るそうで、おれんは夜分を承知で出てきた。

素人娘としての最後の髪を、おたよに結ってやるつもりだった。

「遅くなったら泊まっていけばいい」

お常は機嫌が良かった。翌日の客は、上州高崎《じょうしゅうたかさき》から儲け話を持って来るらしかった。相撲崩れの兼吉が、板橋《いたばし》宿まで今夜のうちに迎えに行き、明朝こちらへ連れて来るという。

新しく雇われたという浪人者は三十代半ば、台所脇の板の間で酒を飲んでいた。ちびりちびりと嘗《な》めるような飲み方をしていた。

お常の髪は撫で付けるだけだったので、おれんは四半刻（約三十分）もしないで済ませることができた。お常は、しきりにお松の病のことを気遣っていた。

おたよは本所亀沢町《かめざわちょう》の裏店《うらだな》の実家へ、最後の夜ということで帰っていたが、四つ（十時頃）の町木戸の閉まる刻限には戻ってきた。走って戻ってきたらしく、息を切らせていた。親兄弟とどのような別れをしてきたのか、おれんには顔付きを見ただけでは想像がつかなかった。

条七とはもう最後の別れを済ませたのだろうかと、ふと思った。この刻限では、お常の家に泊まるしかない。そうなると、時は気にしなくていい。

髪を結わせてほしいと言うと、おたよはおれんの顔を少しの間見つめ、それから黙って頭を下げた。深い下げ方だった。矢場で尻《しり》に矢を当てられて、嬌声《きょうせい》をあげている店での姿はどこにも感じられなかった。

おたよの髪を結うにあたっては、お常から許しを得ていた。最後だから、やらせてほしいと頼んだのである。手間賃も受け取らないと伝えた。

「銭を取らないなら、あんたの勝手じゃないか」

お常はそう言った。

「豊かな、艶のある髪ですね」

おれんが言うと、鏡台の中の顔が泣き笑いの表情になった。何度も何度も、気が済むまで櫛を入れた。狭い長屋の部屋に、夜具の他に風呂敷《ふろしき》包みが一つ置かれていて、それがおたよの所帯道具のすべてらしかった。

時おり明かりに使っている魚油が、はぜてちちと音を立てたが、あとは何も聞こえない。おれんは剃刀で衿足を剃ろうとしたとき、初めておたよが声を出さずに泣いているのに気付いた。

微かな震えが、体ぜんたいに表われている。おれんは黙ったまま、動かぬように首筋をそっと左手で押えると、剃刀を当てた。

おたよの髪を結い終えると、おれんは長屋を出てお常の住む母屋に戻った。台所では用心棒の浪人が、今度はお常と酒を飲んでいた。

「寝酒でもやるかい」

お常が、嗄《しゃ》がれた声ですすめてきた。赤くなった顔が、てらてらと光っていた。たとえ酒が飲めても、この女とだけは一緒に飲みたくないと、おれんは思った。

寝床は、お常の部屋の隣に敷かれてあった。戸は開け放たれていて、外からはようやく涼しい風が流れ込んできていた。

おれんは早々に横になる。明朝は、目覚めたらすぐに郷太の家へ行って、朝飯の用意をしなくてはと考えた。

すぐに寝てしまった。

そしてふっと気が付くと、闇の中から鼾《いびき》が聞こえた。お常のものらしい。そして部屋のどこかに、人の気配があった。

目が覚めた。月の出ていない夜である。刻限は、見当もつかなかった。

いきなり、頭の上に人の影が現われた。うっと声が漏れそうになると、口を手で押えられた。匕首の刃先が、すぐ目の前に突き出されている。

濃い、血のにおいがした。

「騒ぐな。騒げば殺す。この家を張っていた、目明かしの手先と用心棒も殺した」

抑えた声だった。おれんは心の臓に、いきなり冷水をぶっかけられたように、びくりと体を震わせた。

半身を起こされると、手早く縄をかけられた。口に手拭いで猿轡《さるぐつわ》を嚙《か》まされた。

男は二人いた。気がつくともう一人の男が、お常を縛り上げていた。お常は歯の根が合わぬほどに怯《おび》えていた。死と隣り合わせにいるのが分かるからだ。

おれんとお常は柱に括りつけられた。おれんを縛った男は、さらに素早く動いて家の雨戸を閉めた。音は立てなかった。

男たちは、弦造とその仲間に違いなかった。

戸が閉まり切ってから、行灯に火がついた。三十前後の黒っぽい身なりの男と、顔に頭巾《ずきん》をした浪人者であった。刀を抜いていて、血がついている。

「ひっ」

おれんは、身を震わせた。台所の方から、血の臭いがしてくる。賊が入ることを予測して、甚五郎親分は見張りを立てておいたらしいが、すでに用心棒と共に斬られたのは間違いなかった。

二人は、箪笥《たんす》の引き出しや、押し入れの中を引っ搔《か》き回し始めた。金目の物を探している。そして長火鉢の引き出しから、数枚の小判と小粒や銭を見付け出した。

しかしお常の家にある金が、それだけのわけがなかった。

猿轡を嚙まされ同じように縛られたお常が、しきりに何かを言おうとしていた。弦造と思われる三十前後の男が、それに気付く。

「大きな声を出せば、迷わず殺すぞ」

恫喝《どうかつ》されると、お常はむやみに首を縦に振った。

「お金はあげるから、命だけは」

猿轡を外されるとお常は言って、仏壇の上の長押《なげし》の裏に金があることを告げた。浪人者が手を伸ばして、布の包みを取り出した。重そうな包みだったが、手渡された弦造の顔は微かに歪《ゆが》んだ。

「おめえ、この程度のはした金で、命が助かると思うのか。さんざん人を苦しめておいてよ」

抑えた声だったが、苛立ちは消えていなかった。匕首の刃先をお常の頰に当てて、動かした。血の筋が、すっと頰を伝った。

「やめておくれ、それしかないんだから。それで許しとくれ」

「ふん、それはこちらが昔、おめえに言った言葉だ。おめえは借金の利払いを、許してくれたか。お蔭《かげ》で、おれの女房と子供は、井戸に飛び込んで死んだんだ」

「かんべんして、あれはただ」

「うるせえ」

再度、刃先を頰に当てた。血が頰からもう一筋つうっと垂れた。

お常の体が、ぶるっと震えた。弦造は本気で殺す気だと、おれんは思った。その間にも頭巾の浪人は、家探しを続けていた。

「仲間がやられて、高飛びするつもりでいたがよ。おめえにだけは、その前に礼をしなくちゃならねえからな。どちらにしても今夜が最後の夜だ。もちろん銭も、貰って行く。手間をかけさせやがって」

何か言おうとするお常の口に、手拭いを押し込んだ。匕首を振りかぶる。

「やめて」

とおれんは叫ぼうとしたが、声にならなかった。足をばたつかせたが、弦造は振り向きもしない。

もう駄目だと覚悟を決めかけた時、どこからか小桶《こおけ》が飛んできた。それは弦造の手に当たった。

「誰だ、何しやがる」

手から匕首が飛んで、転がった小桶は隣の部屋の行灯に激しくあたった。行灯は家探しで散らかされた衣類の上に倒れ、火がついた。

「ぬすっとだよー」

女の叫び声が、どこかから聞こえてくる。はっきりと、夜の闇に響く声だった。

弦造は、桶が飛んできた方向へ二、三歩進みかけた。だが煙は瞬く間に部屋の中に充満している。火は衣類から障子に、そして桟を燃やそうとしていた。

「おい」

浪人が弦造に声をかけた。低いが鋭い声だった。炎はすでに、壁の一部を燃やし始めている。煙が全身を襲ってきている。

「よし、ずらかろう。こいつらは、焼け死ねばいい」

「役人の手が、廻っているかもしれねえ、気を付けろ」

二人の盗賊は、ためらう様子もなく闇の中に姿を消した。

火はめらめらと音を立てて、おれんとお常のすぐ傍まで迫ってきていた。火の粉が顔や体に降ってくる。身をよじったが、縛られた体では動きようがなかった。

一瞬、おれんは死を覚悟した。瞼《まぶた》に郷太の顔が浮かんだ。

その時、縛られていた縄が解かれた。おたよと粂七が、おれんとお常の縄を解いたのだ。

「早く」

粂七に手を引かれて逃げた。炎が急《せ》き立て、おれんの背中を嘗《な》めようとしていた。

弦造に小桶を投げつけたのが粂七だったことを、おれんは後で知った。おたよと粂七は、隣の長屋で最後の別れの夜を過ごしていたのである。

七

火の廻りは、思ったより早い。高熱が背中を追ってくる。

おれんは敷居に躓《つまず》いて、腕と膝をいやというほど強く打った。部屋にびんだらいを置き忘れたことに気付いたが、取りに帰ることはできなかった。家の外へ転がり出た。

炎の向きによって、煙が鼻を衝《つ》いてくる。まともに吸い込んだらしい男が、激しく咳《せき》込《こ》みながら蹲《うずくま》っている。雨戸の一つが外れて、そこから火が吹き出した。目と鼻の先だ。

慌てて出てきた近所の者たちと、おれんは天水桶の水を撒《ま》いた。だがすでに、素人が消火できる状態ではなくなっていた。お常の家から、離れるしかなかった。

家が密集しているこの辺りは、隣家に燃え移るのはすぐだと思われた。風向きが変わって、炎が隣の家の壁を嘗め始めた。

折から半鐘が勢いよく鳴り始めた。「火事だ!」という叫びがそこここに起こって、人がざわめいている。

「おっかさんがいない」

路地まで逃げて、おたよはお常がいないことに気付いた。確かに、家を抜け出すまでは一緒にいたのである。

「よし、見てこよう」

粂七が戻るのを、おれんとおたよは追った。

すでに建物の中心は、炎に覆われている。中に誰がいようと、もう足を踏み入れることはできなかった。

「逃げろ、そこにいたら火に呑まれるぞ」

誰かが叫んでいた。

家財道具を担いで逃げ出す人がいる。三人は家の前に戻った。火は、隣の家にも燃え移ろうとしていた。子供の泣き声と家族を呼ぶ叫び。そして傍の家を壊す音が、燃える音と混じって聞こえた。いつの間にか、おたよも粂七の姿も見えない。

「お常さん！」

叫んでみたが、返事はない。じっとしているだけで、おれんのもとへも、火の粉が飛んできた。袂《たもと》に燃え移りそうになるのを、慌てて払った。

「あぶねえぞ、早く逃げねえか」

おれんに向かって怒鳴る、男の声が聞こえた。はっとして走ろうとした時、崩れ落ちようとしている軒下の踏み石の横に、何かが動く気配を感じた。慌てて二、三歩寄ると、お常だった。何か小箱を抱えて、倒れている。

「しっかりして」

おれんはお常を抱き起こすと、よろよろと歩いた。寝巻がすでにだいぶ焦げている。お常の足に、大きな火傷《やけど》ができていたが、かまうゆとりはなかった。

ずり落ちそうになる体を揺すり上げるたびに、お常は小さな呻《うめ》き声をもらす。苦しそうだったが、しかし逃げようという気迫だけはあった。脇に抱えた小箱を離さない。

激しい、執念の目だ。もう一方の腕で、おれんの体にしがみついてくる。驚くほど強い力だった。

体が熱かった。

背負ったばかりのときは、それほど重さは感じなかった。しかし歩き始めると、お常の体は次第に重くなった。火の勢いは衰える気配がない。鳶口や梯子《はしご》を抱えた火消の男たちが走り過ぎたが、おれんには目もくれなかった。

歩いても歩いても、炎はおれんのすぐ背後に迫ってきているように感じた。すでに路地には、人の姿が見当たらない。

鳴りやまない半鐘の音が、焦りと恐怖を煽《あお》った。

お常を放り出して、一人で逃げてしまいたい。ふと、そう考えた。もしその通りにしたとしても、この火事場からならば誰も自分を責めないだろう。まして、お常は嫌われ者の金貸しなのだ。

今背後に迫ってくる炎は、本をただせばお常のこれまでしてきた悪行の報いといえなくもない。あこぎな銭儲けさえしなければ、弦造だって盗賊の仲間になど入りはしなかっただろう。泣かずに済んだ人は、さぞかしたくさんいるはずだ。他人の不幸など、へとも思わぬ金の亡者の鬼畜生。

そんな『きつねばばあ』の巻き添えを食って、焼け死ぬのはごめんだ。

おれんは体を揺すってみた。けれども、しがみついたお常は離れなかった。立ち止まって、背中から引き剝《は》がしたいという考えを、必死で抑えつけながら歩いた。

風の流れが変わっていた。

振り返ると、夜空を焦がして家がかたまって燃えている。それはすぐ近くで、仰ぎ見るようだ。もう逃げられない、そう思った時おれんは何かに蹴躓《けっまず》いて地べたに倒れた。

起き上がろうとしたが、腰がいうことを聞かなかった。一度打った膝を、また打ちつけたようだった。痛くて涙が出る。

それでも、必死で起き上がろうとした。しかし背中にお常がいては、身動きが取れなかった。倒れても、おれんの首筋から手を離さない。強い力だ。こんな力が老婆の体のどこに潜んでいたのかと驚いた。

火が、見る間に迫って来ている。すぐ目の前の家に、炎が襲いかかってゆくのが見えた。きしむ材木の音がする。

火の粉が、髪の毛を焦がした。いきなり襲ってきた煙に、おれんは咳込んだ。

「お常さん。もう私たち、駄目。しかたがないよね」

そうつぶやいた時、人の足音があった。「おれんさん」と、自分の名を呼んでいる。郷太の声だった。

「ここ、ここだよー」

おれんが声を出す前に、お常がかすれた声を出していた。郷太の姿が見えると、お常はようやく体を離し、よろよろと膝で前に出た。

「しっかりしろ、もうでえじょうぶだ」

「ありがとう、捜してくれて」

おれんは、知らず知らずのうちに、郷太の住む福井町の方向へ逃げてきていたのだった。今夜、おれんがお常の家に泊まることは話してあった。

郷太は、右手にお常を抱え、左手でおれんの腰を支えると立ち上がった。立ち上がるときに「うっ」と声を漏らした。額に脂汗をかいている。

おれんは、はっとした。考えてみれば、郷太の腕の傷はまだふさがっていないのである。それは昨夜、傷の布を取り替えたおれんが、よく分かっていることだった。

「私は、大丈夫だよ」

とっさに体を離して、男の左腕をかばった。白い布にすでに血が滲《にじ》んでいた。こうして捜し当ててくれるまでにも、この火事場騒ぎの中で、危ない思いをしていたのは明らかだ。

「さあ、行くぞ」

三人で歩き始めた。熱風と煙が背中を押してくる。神田川の河岸まで、死に物狂いで歩いた。だが郷太と一緒にいると、おれんは先ほどまであった孤独と恐れが嘘のようになくなっているのに気付いた。

河岸に舟が出ていて、船頭が逃げてきた人を乗せて対岸に渡してくれていた。

八

　火事は神田川の北、御蔵前《おくらまえ》通りを挟んで、大川にかかる町屋の一帯を燃やして鎮火した。一時は大火になるかと案じられたのだが、風の向きが西から東に変わった。大川の河岸で燃えやんだのである。

　お常の家は、もちろん跡形もなく焼けた。郷太の長屋のある福井町も、かなり焼けたということであった。

　焼け出された形のお常は、小柳町のお松とおれんの家にいったん腰を落ち着けることになった。

「いいじゃないか、帰る家がないんだから」

　家に置いてやる必要などない。命を助けただけでも充分だというおれんの不平を、お松はたしなめた。

　しかし、おれんにしてみれば、煙と炎に追われながら、背にしがみ付いて離れなかったしぶとさに、苛立ちと恨みに近いものを感じていたのも事実だった。もし郷太が助けに来てくれなかったら、本当に火に呑まれて死んでしまっていただろう。

焼け出され、ほうほうのていで小柳町にたどり着いた時は、すでに夜が明けかかっていた。

三人とも着ていた寝巻は、顔や体と同様に泥と煤《すす》でぐちゃぐちゃになっていた。お常は茫然《ぼうぜん》としていて、おれんにも郷太にもありがとうの言葉は一言もなかった。ただお松の顔を見ると、お常は取りすがって泣いた。

「たいへんだったね。つらかったでしょ」

お松が優しい声で言うと、赤子のようなそぶりで嫌々をした。

「鬼の目にも涙だぜ」

郷太がおれんに言った。二人は唖然《あぜん》として、その姿を見守った。とりあえずお常に行水を使わせ、みんなで粥《かゆ》を啜った。火傷の手当をしてやると、敷いてやった布団に横になってすぐに寝ついてしまった。

「何だい、あれは」

お常が、胸に何かを大事そうに抱えて眠っている。郷太に言われて覗いてみると、それは燃える家の軒下で倒れていた時、抱えていた木の小箱だった。

「おおかた、貸していた金の証文だな。しぶとい婆さんだぜ」

郷太は笑った。お松とおれんは、顔を見合わせた。

郷太の腕の傷も、ひどく腫《は》れてしまっていた。左の腕は、付け根の辺りから高い熱を持っていた。くっつき切らないうちに無理をしたので、布を剝がした後の傷跡は無残だった。

さっそく医者に来てもらった。焼酎《しょうちゅう》で傷口を洗うと、うめいて目に涙をためた。

「火事になったのは、親分の縄張りがほとんどだ。じっとしてはいられねえ」

手当が済むと、郷太は立ち上がった。

「もう少し休めばいいのに」

「いや親分の様子が、気になるから」

こう応《こた》えられて、何も言えなかった。甚五郎は郷太の父親代わりである。福井町もだいぶ焼けたというから、その方も気になるらしかった。

「長屋が焼けていたら、何時でも来て」

おれんが言うと、「あいよ」と頷《うなず》いた。

郷太のためならば、何でもしたい。そういう気持ちを抱くことが、前は弥吉に申し訳ないと思っていた。けれども今は違う。

目の前にいる郷太は、怪我をおして自分を助けに来た。そして傷跡をひどくした。そのままになど、できるわけがない。

眠りに落ちたおれんが目を覚ましたのは、夕刻だった。蜩《ひぐらし》が鳴いていて、豆腐屋の呼び声が裏の通りを過ぎて行く。風はあったが、辺りは静かだった。昨夜から今朝の出来事が、おれんには夢の中のことのように思われた。

だが体を動かすと、体の節々が痛かった。腕や足にも、ところどころ小さな火傷の跡が出来ている。皮膚の剝《む》けたところは、触るとひりひりした。

縁側から、お常の話す声が聞こえていた。寝床から、二人の女の後ろ姿が見える。夕日が庭の鉢植を照らしていた。

「今度はね、あたしは吾平に助けて貰ったと思っているんだよ」

「吾平さんに」

お松が、驚いたという声を出した。吾平は四年も前に死んでいる。

「あの子はさ、あんたに思いを残して死んじまった。店でしくじりを出した時、あの子はあたしに助けを求めて来たんだよ。あの時銭を出してやれば、あの子は死なないで済んだかもしれない」

「さあ、それだけではないかもしれませんが」

吾平の死には、お松にも悲しい悔やみ切れない思いがあった。また自ら命を絶った吾平には、苦難に立ち向かう力がなかったと感じているのかもしれない。

「どのぐらいの金子だったと思う」

「さあ……」

「あたしに出せない額じゃなかった。でも、あたしは出さなかった。あの了に貸しても、金は戻らないと思ったからね。あたしゃ酷い伯母さ。たった一人の甥っ子を、見殺しにしてしまったのだから。そして、あの時はそれを何とも思わなかった。死んじまったのは、吾平が弱いからだとしか考えなかった」

鼻を啜った。泣いているのかもしれなかった。

「しばらくして、あんたを町で見かけた。吾平が婿に入るしばらく前に、あんたと二人で家に来たことがあっただろ」

「そういえば、そんなことも」

「所帯を持つという挨拶をしにさ。でもあいつは、その後あんたとの約束を反故《ほご》にして婿に行った。情けないやつだと思ったよ。だから、あんたの顔はよく覚えていた。それで、びんだらいをぶら下げたあんたに、急に髪を結ってもらいたくなった」

「お常さんは、でも私に優しくしてくれましたね。世間の評判が嘘みたいに」

「まあ、評判なんてどうでもいいよ。でもそれは、もしかしたら気付かないうちに吾平に済まないという思いが、起こっていたからかもしれない。そしてゆうべ、おれんさんに助けてもらった。あの人は一度逃げてから、頼みもしないのに、戻ってきてくれた」

「そうですか、あの子は逃げた後で戻ったんですか」

お松の声が、おれんの胸に染みた。朝のうち、助けられて礼も言わないと拗《す》ねた自分を思い出した。息を詰めて、おれんはお常の次の言葉を待つ。

「そうだよ。今度助かったのは、吾平を思う気持ちが残っていて、それがお松さんやおれんさんと、あたしを繋げていたからだ。もし吾平を思う気持ちをなくしていたら、きっと誰も助けに来てはくれなかっただろうと考えたのさ」

「そうかもしれませんね。ほんとうに」

「今度ばかりは、恐ろしかった。そして、吾平にはありがたいと思っている。死ぬ前に、もっと出来ることをしてあげれば良かった。お松さん、今日ほどあたしは後悔したことがないよ」

言い終えて、お常は洟《はな》をかんだ。

焼け出されて、お松を初めて見て泣きじゃくったお常といい、おれんにとってはこれまでに想像さえしたことのない姿だった。だが今の様子を見ていると、素直に受け入れてやれそうな気がしたのである。

世の中に、腹の底から悪い人間なんていない。あこぎな金貸しといわれたお常も、やはり人の子だと、おれんは感じた。初物の真桑瓜を、わざわざ手に入れお松に食べさせたいと言った。そこには、吾平の伯母であるお常の正直な思いが籠《こも》っているではないか。

自分だってお松のように、お常に対して、優しくしてやることができるだろう。人はそうやって変わって行くことができる。おれんはそう思った。

お松も、初めてお常に髪結に呼ばれた時は、さぞ驚いたに違いない。長く通う間でも、共に吾平について語り合ったりしたことは少なく、互いにはっきりと後悔を語ることはなかったようだ。

けれども胸の奥に秘めた思いを、感じ合うことができていたのかもしれなかった。

昨夜、恐ろしい弦造の恨みを膚で感じた。あの目付きを、おれんは生涯忘れない。

そして炎の中を、死ぬ苦しみで逃げた。熱風と煙、そして死ぬかもしれないという恐怖。けれども恐怖に包まれて過ごしたのは、おれんだけではなかった。

強くしがみ付いた力。あれは、お常の恐れだった。

人に嫌われた『きつねばばあ』は、これで変わった。おれんは炎の中を共に逃げたのは無駄ではなかったと感じて、鼻の先がつんと熱くなった。

九

次の日、おれんはお松のびんだらいを借りて、仕事に出た。焼けてしまったので、新しいものが揃うまでは、しばらくお松の道具を使わせてもらうしかなかった。

　昨日の今日だが、断われない馴染みの客だった。

　お松の道具は、櫛や笄《こうがい》、髱《たぼ》をあげ形を整える「つとさし」、髷《まげ》をしっかりさせるための「小まくら」といい、使いこなされていて、おれんの手にもすっと馴染んだ。鬢付油と指の汗が染み付いている。道具は職人の腕を見せるというが、お松への畏《い》敬《けい》の念があらためて湧いた。

　姉の体は、次第にこの道具たちを、実際の仕事の中で使えなくなっている。一つ一つが見事であるだけに、おれんは切ないものを感じた。

　せめてもの慰めは、お松が生きることをあきらめていないことである。

　小柳町でのお常は殊勝だった。

　おれんと共に起き、朝の支度をした。森田町代地の家では人を顎《あご》で使っていたが、その様子はかけらも感じさせない。お松と二人で話している様子は、見ようによっては母娘だった。

「おまえと一緒だと、あこぎな金貸しのようで嫌だねえ」

相撲崩れの兼吉が一度迎えに来たが、焼け跡へはしばらく戻らないと、けんもほろろに追い返してしまった。

「びんだらいを持った、おれんちゃんの姿もいなせだねえ」

おれんに対しても、声の調子までが変わっていた。こそばゆいくらいである。変わり身の早さに呆《あき》れた。

夕刻前に小柳町の家に戻ると、おれんは前掛けを取って、福井町へ行ってみることにした。

一日中、郷太のことが案じられていた。噂によると、福井町でも郷太の長屋の辺りは燃え残ったらしいが、腕の傷はどうしただろう。甚五郎親分の縄張りの火事である。なにかと、無理をしているのではないか。それに機転を利かしてお常の命を救い、火事の中で縄を解き放ってくれた粂七とおたよのことも気になっていた。

無事に逃げられたのだろうか。おれんはまだ、礼も言っていない。郷太を見舞えば、同じ長屋の粂七やおたよの様子も分かると思った。

「あの火事で、おたよの身売り話は宙に浮いちまった形になっているんだよ。まだ、金の受け渡しは済んでいなかったからね。あの子はどうしているだろう」

小桶を投げたのが、粂七とおたよであることを告げると、お常は言った。


赤とんぼが、焼け跡を飛んでいた。

焦げたにおいが、まだ辺りに残っていたが、早くも家を建てる槌《つち》とかんなの音が響いていた。御蔵前通りには、焼け跡を整理するための荷車と、新しい材木を積んだ荷車が夕日の中でせわしく行き来していた。

郷太の長屋のある辺りは、幸いほとんど災害を被っていなかった。元気のよい子供たちが、井戸の周りで遊んでいる。

ひょっとしたら留守ではないのかと考えて来たのだったが、腰高障子の戸が開いたままになっていた。足早に中に入ろうとすると、粂七が出てくるのとぶつかった。

「おれんさん、いいところに来た。ちょいと前に戻ってきたら、郷太さんが上がり框《がまち》に倒れていてね。それがひどい熱で、いま寝かせたところさ」

「まあ」

粂七に会ったら、まず礼を言うつもりだったのだが、言葉が喉《のど》の奥に詰まってしまった。慌てて上がって、寝ている郷太の額に手を当てた。

熱い。

額に脂汗が浮いていて、表情も昨日の朝別れた時と比べると、別人のようである。

自分の袖《そで》で、汗を拭いてやった。

「今日の昼過ぎに浅草寺前の東仲町《ひがしなかまち》で、弦造と仲間の浪人者がお縄になるという捕り物があった。あの辺の飲み屋の女の家に、隠れていたらしいんだが見付かって」

土間に立っていた粂七が言った。

「それでこんなことに」

「ああ。当然郷太さんも、捕り物に加わったんだろうからな。無理をしたんじゃないかな。きっと、やっと家まで戻ってきたんだろうよ。誰かに言えば、何とかしてくれただろうにさ。火事の騒ぎが落ち着かないので、世話をかけないようにと黙っていたのかもしれない」

おれんはいきなり、きりきりと胸を締め付けられるような思いに囚《とら》われた。涙がじわっと湧いて出てきた。

なぜ小柳町の家に、郷太は来ないのだ。歩けないのならば、駕籠《かご》でも何でも頼めばいいのだ。喜んで看病をしただろう。それなのに、これほどの高熱がありながら、誰もいないこの家に帰ってきた。

郷太の、一途《いちず》さを感じた。

おれんやお松のためならば、どのような無理をしても小柳町の家にやって来た。どんなに邪険にされようと、それは変わらない。

だが己のためには、何も要求をしなかった。腕の怪我のおりも「すまねえ、無理をして来なくていい」と、恐縮するばかりだった。

ただ一年前に、一緒になろうと言ったきりである。あれから返事をしないおれんを、責めたことはなかった。

おれんには、弥吉がいる。八丈から帰ってくるのを、じっと待っている。それを郷太は、いつも忘れていなかった。

だから郷太は、自身のためにはおれんのもとへは来ないのだ。そう思うと涙がとまらなかった。

「医者へ行くところだったんだ。ちょいと、呼んでくるから」

条七は、おれんの涙にたじろいだらしい。慌てて言うと、出ていった。

涙を拭いてから、おれんは井戸の水を汲んできた。郷太の額を、冷やさなくてはならない。

医者は、なかなか来なかった。火事で、この辺りには怪我人が大勢いる。手間取るのは仕方がなかった。捜しに行ってくれた、粂七の親切が胸に染みた。

おれんはとりあえず、湯を沸かしておくことにした。目が覚めたら、湯冷しを飲ませてあげなくてはならない。

竈に火をくべる。外は薄闇になっていた。先ほどまで遊んでいた子供の姿は、どこにもなかった。

「おれんさん」

微かに、自分を呼ぶ声がした。郷太の声である。

はっとして振り向いて、傍に寄った。しかし、それはおれんを呼んだのではなかった。眠ったままである。気のせいかと思っていると、また聞こえた。

「どうしたの」

「おれんさん」

郷太は、うわごとを言っているのだった。うわごとで、自分を呼んでいる。おれんは全身を流れる血が、一気に波打ったように感じた。弾かれたように傍に寄って、布団の上から郷太の体を抱いた。

この人と所帯を持とうと、その時おれんは決心した。

弥吉を見限ったのではない。いつまでも、自分にとって大切な人だ。けれども今、そしてこれから先、共に生きてゆくのはこの人しかいないと感じたのだ。

十

郷太が意識を取り戻したのは、翌日の昼下がりになってからだ。医者は、昨日のうちに手当を終えていた。治りきらない傷が、開いたと言っていた。それに疲れも加わっていたらしい。

おれんは枕元にいて、夏掛けから出ている右の手を両手で握っていた。

自分の体のぬくもりを、よくなってほしいという願いを、つなぎ合う手で伝えられると感じたからだった。枕元で看取《みと》っている間は、ずっとそうしていた。

ぴくりと体が動いた。わずかに頰や目尻の辺りが動いて、顔が歪んだ。けれどもそれはごくわずかで、薄く目が開かれた。

初めは何が何だか、分からない様子だった。少しの間ぼうっとして、それから気がついた。

「ああ、おれんさん」

かすれた声だ。顔を近付けていたから、どうにか聞こえた。

「よかった。このまま、ずっと目を覚まさないのではないかと思った」

大げさではない。郷太には、伝えなければならないことがある。

「だ、大丈夫さ」

そこまで言ったが、快復をして目が覚めたわけではない。それでまた、郷太は目を閉じた。寝息が聞こえ始めた。

次に目を覚ましたのは、夕暮れどきだった。今度は、前よりもはっきりと目を開けたように思った。このときも、両の手で手のひらを握っていた。

「ああ、まだいてくれたのか」

「あたりまえだよ。伝えたいことがあるんだから」

顔を近付けて言った。しかし言い終らないうちに、郷太は目を閉じていた。また眠ってしまったらしかった。自分の顔を見て安堵したのならば、それはそれで嬉《うれ》しい。けれども少し、物足りなかった。喜んでもらえるはずの話だ。

「あんたの、おかみさんになってあげようと思っているのに」

と呟いていた。

すると、郷太の眉根《まゆね》がぴくりと動いた。握っている手に力がこもった。

「ほ、本当か」

目を開けて、かすれた声で言っている。どうやら眠ったのではなかったらしかった。

「まあ、どうしよう。聞いていたなんて」

少し慌てて、握られている手を離そうとした。でも邪険なことは、したくなかった。だから逆に握り返した。体が一気に熱くなった。

「うん。もう迷わない」

かすれた声になって応えた。

「そ、そうか」

郷太の顔に、笑みが広がった。しかしそれで、何かを言うわけではなかった。目を閉じている。そして寝息が聞こえてきた。

今度は、本当に眠ったらしかった。


空に、秋の気配があった。

大山詣《おおやまもうで》の白装束の行者姿の者たちが、新しいびんだらいをぶら下げたおれんとすれ違って行った。『大願成就』と書かれた木太刀を携えていた。

お松から借りていたびんだらいは返した。道具の一つ一つが新しい。これから、自分だけの髪結道具にしてゆくつもりだった。

森田町代地に、お常の家が新築された。

「お松さんも、おれんちゃんも、早く一度見に来ておくれよ」

お常が兼吉に伴われて、越して行ったのは三日前のことである。

家は丸焼け、家具や衣類もすべて灰になったが、両国広小路の矢場『おかめ屋』は燃えなかった。それにお常が、命懸けで抱えていた木の小箱には、沽券《こけん》や借用証文がぎっしりと詰まっていた。弦造に押し入られることを見越して、床下の分かりにくい場所に隠していたのである。

火事で逃げ出す時、姿が見えなくなったのは、この箱を取りに戻ったからだった。小柳町の家でおとなしくしていたのは、およそ半月あまり。あとは昼となく夜となく出かけて、これまでの商売を再開させていた。

「遅く帰って済まないねえ、おれんちゃん」

お松に対してはもちろん、おれんにも優しい口のきき方をするし、横柄な態度は決して取らない。高価な土産を買って持って来るのだが、外での様子はこれまでとまるで変わらないということだった。利息の取り立ても一層厳しく、嫌がらせにも磨きが掛かったらしい。

「あの『きつねばばあ』が、息を吹き返したようだぜ」

「家の焼けた分を、一気に取り戻すつもりらしい」

「とんでもねえ話だな」

関わりのある人たちは、みなそう噂し合った。外で良くない噂を聞くたびに、おれんは小さなため息をついた。

「しょうがねえじゃねえか。人なんて、そう変わるもんじゃねえんだぜ」

所帯を持つことが決まって、毎日顔を見せる郷太に愚痴をこぼすと、そういう慰め方をされた。新しい家ができて、小柳町の家から越して行った時は、心底ほっとした。

「ごめんください」

新しいお常の家の戸口に立って、おれんは訪《おと》ないを入れた。材木のにおいが鼻を衝いてきて、新鮮だった。

「いらっしゃいませ」
十五、六の初めて見る娘が出てきた。おたよの代わりに『おかめ屋』で矢返しをするために雇われた娘らしかった。用件を話していると、お常が奥から出てきた。
「なにをぐずぐずしているんだい。さっさと上がっておもらいよ。気の利かない子だねえ」

娘を叱りつけた。そしてお常は、今度はおれんに、こぼれるような笑顔を向けた。

「よく来てくれたね。ゆっくりしておくれよ。おたよも待っていたんだからさ」

おたよの実家は、今度の火事の被害には遭わなかったが、父親の病はもちろん、母親の乳にできたしこりも、いっこうに良くならなかった。

お常は、命を助けてもらった礼に、借金の半分をなかったことにした。

「残りの半分は貸したままだ。家の仲働きをしながら返してもらうよ」

とはいえ、利率は低いものになった。

「おたよは気働きの利く働き者だ。置いておいて、便利に使おうってえ腹じゃないか」

話を聞いた郷太は、そう言った。おたよは売られずに済むが、暮らしが楽になるわけではなかった。

「でも、精いっぱいやれば、いつかは粂七さんと所帯を持つことができます。それが何よりの励みです。弦造が押し込んできた夜は、むやみに悲しくて、二人で死んでもいいと思っていました。だから恐ろしい盗賊に桶を投げたり、火の中に飛び込んだりできたんですが、あれで、やればなんでもできるんだと考えました」

「確かに、そうかもしれないですね」

おたよは今日も、矢場に出る。ただその前に、髪を結ってあげることになっていた。お常は、お松にしても、おれんにしても、家では己以外の者の髪は結わせなかった。おたよに対してだけ、許すようになったのである。

おれんは台所脇の小部屋へ入った。

部屋では、姫鏡台の前におたよが座っていた。背を見せていて、肩に豆絞りの新しい手拭いをかけている。おれんはそのまま歩いて、その背に向かって座り両の肩に手を載せた。おたよはその手を、前を見たまま握った。

そうしていると、どこかから真桑瓜の振り売りの声が聞こえてきた。

初物の真桑瓜を、お常はお松に食べさせたいと言った。同じ思いを、お常は命を救われた、おたよにも感じている。それは間違いない。

今度の出来事で、お常がどれくらい変わったのか、おれんは何度か考えてみた。しかし、それはいくら考えても分からないのだった。

真桑瓜の振り売りの声が、もう一度聞こえた。お常が、その振り売りを呼んでいる。

第五話　乳を吸う力

一

厚物の菊が、昼下がりのやわらかな日差しを受けていた。

形ばかりの葭簀《よしず》の小屋に、二段になって鉢が並んでいる。通りがかりの人が、ふっと目を引かれて、しばしため息をつきながら立ち止まった。秋の深まりが菊の鋭い香と共に、『びんだらい』をぶら下げて歩くおれんの胸に、つんと染みた。

もうじき子が生れる。

腹の奥に、初めて命の囁《ささや》きを聞いた朝。それから今日まで、休むことなくおれんの体の奥深いところで生を育《はぐく》んできた、まだ顔も見たことのない我が子。秋も終りになれば、身二つになると指折り数えて過ごしてきた。

二十歳になった髪結のおれんも、母親になる。

「無理をして稼ぐことはねえぞ。銭なんざ、どうにでもなるんだからよ」

亭主の郷太は、言葉は乱暴だがあれこれ気遣いをしてくれる。四つ年上の同じ髪結で、蔵前の岡っ引き甚五郎の手先も務めていた。

いよいよ、出産の日が近付いて来ている。この一月《ひとつき》ほどは、郷太に言われるまでもなく、おれんは仕事を減らしてきていた。髪を結うのはともかく、様々な道具を入れた『びんだらい』を持って遠くまで歩くのは、さすがに辛《つら》くなっていたからである。

立ち止まって、腹を軽く撫《な》でながら深く菊の香を吸う。

両国広小路の人込みで、おれんはしばらく花の香りで時を忘れた。今日の客は、日本橋米沢町《よねざわちょう》の小料理屋の女将《おかみ》だが、神田小柳町のおれんの家からは、身重の体では距離があった。次に来る時は、赤子を背負っているかもしれない。そのおりは、すでに菊は枯れてしまっているだろうから、今のうちに腹の子と親子二人で味わおう、そんなつもりになっていた。

人にぶつからないように、おれんはそろそろと歩き始めた。広場には、菊棚だけでなく小屋掛けの見世物や土弓、水茶屋や食い物を商う露店が並んでいて、人通りは多い。

見慣れた景色だったが、出産を間近にひかえた体には、何気ない人の動きが怖く感じられた。激しくぶつかられて尻餅《しりもち》でもつけば、腹の子がどうなるか分からない。

おれんの行く先を、上物の紺の棒抱き縞《じま》の着物を身につけた男が歩いていた。考え事をしているらしくゆっくりした歩き方で、のんびり歩いているおれんとは、そう離れた位置にはいなかった。肩幅のある職人ふうの後ろ姿だが、どこかで見たことがあると気がついた。

どこで見たのだろう。最近ではない気がするのだが。

女の髪ばかり眺めて暮らしているおれんだから、男の後ろ姿にはそう馴染《なじ》みはない。あるいは思い違いかと考えていると、その男の体に、いきなり横合いから現われた若い娘がぶつかった。

「ごめんなさい」
十六、七の娘は、俯《うつむ》きがちに詫《わ》びを言うと、人込みの中に走り去った。
男は一瞬の出来事にわずかに驚きを示したが、そのまま何事もなかったようにゆっくり歩いて行った。振り向きもしない。小娘とぶつかったことより、考え事のほうが大事といった様子だった。

おれんは、ぼうっとその場に立っていた。

今見た娘の素早い動きが、目の中から消えて行かない。娘は、男の懐から財布をすり取って逃げたのである。

もしおれんが、男の後ろ姿に注意を払っていなかったら、当然見過ごしてしまっていたのに違いなかった。すられた男はもちろん、おれんの他には誰も気付かなかった。それくらい見事な、早業だったといえるだろう。

玄人の仕事、おれんにはそう思えた。

そして、すり取った財布を瞬間袂《たもと》に隠して雑踏の中に身を躍らせた娘を、おれんは知っていた。男の背中は見分けられなくても、自分が結った髪は忘れない。女すりは、神田明神門前町《もんぜんちょう》の《の》呑み屋『千鳥《ちどり》や』の酌女お恭《きょう》である。月に何度か通って、髪を結ってやっていた。

「なるほど、そういうことだったんだ」

気を取り直して歩き始めると、自然とつぶやきが漏れた。お恭という娘が、昼間そういう裏の仕事をしているのは、分かってみれば、おれんにはそれほど不思議なことではなかった。

「この簪《かんざし》いいでしょ、お客さんに貰《もら》ったんだ。安物なんだけどさ」

髪を結っていて、おれんは新しい簪を見せられたことがある。一見どうということのない松葉の簪だったが、素材は真鍮《しんちゅう》で細かな象嵌《ぞうがん》が施されていた。一杯呑み屋の『千鳥や』でおだをあげているような客に、買える品ではなかった。
「あたしの伯母《おば》さんて、とってもお金持ちなんだよ。何かあると、すぐに助けてくれる。お金でも何でもね」

お恭の住まいは、店から少し歩く湯島《ゆしま》六丁目にある。裏店《うらだな》だが、小さいながらも一軒家で、呑み屋の酌女が一人で住める家ではない。身に着けているものも総じて質の良いもので、本当に金持ちの伯母がいるのだと思っていた。

二年前までは母親がいたが亡くなって、十七の身空で今は気楽な一人住まい。表向きは呑み屋の酌女だが、実はなかなかの腕前を持った女すりだとは、目で見るまでは想像さえしなかった。

勝気で時おり見え透いた嘘をつくことはあったが、おれんは性根の悪い娘だとは思っていない。今日は、働き盛りの金のありそうな男を相手に、鮮やかな腕前を見せられた。

これまでお恭を、大勢いる客の中で、多少毛色の変わった娘という程度にしか気に留めていなかった。それがにわかに、おれんの胸の奥に入り込んできた。そういう出来事だった。

お店者ふうの中年の男が、おれんの背を押して、急ぎ足で追い越して行った。

二

神田米沢町の小料理屋の女将の髪を結い終えると、おれんは寄り道をせずに、家に向かった。髪をいじりながら、考えたのはお恭のことだった。

いつもならば、お喋《しゃべ》りな女将の愚痴と噂話を聞かされるところなのだが、客が来ていた。おれんは口をきくことなく、髪を結った。

蟋蟀《こおろぎ》が、どこかで鳴いていた。

お恭がすりを始めたのは、手口からして昨日今日のことではない。おれんがまず案じたのは、かつがつ暮らしている人の懐から、銭を盗《と》るようなまねはしていないだろうかということだった。もちろん、金持ちならばかまわないわけではない。額の多い少ないでもなかった。

たとえ鐚一文《びたいちもん》でも、ある誰かの一両よりも大事なことがある。また悪いことは、いつか露見してしまうものではないか。

お足は、自分で稼ぐものだ。

もし、今日すりの現場を目撃したのがおれんでなく、郷太だったならば、お恭は間違いなくお縄になっていただろう。そうなったら、ただでは済むまい。

あまりに鮮やかな手際で、見た直後はそのことばかりに気を取られていたのだが、時がたつにつれて、少しずつ重い気持ちになってきた。持って行き場のない秘密を、いきなり持たされて戸惑う、そういう印象だった。

これまで身の回りに起こったことは、亭主の郷太には何でも話していた。それで所帯を持ってからの一年は、すべて済んできたのだが、今度はそれができそうもなかった。

「松姉ちゃんに、聞いてもらおう」

六つ年上の姉お松とは、所帯を持ってからも一緒に暮らしていた。それまで住んでいた家を出て、同じ町内のもう少し広い家を借りたのである。

お松は、おれんが郷太と所帯を持ったのを機会に、別に暮らそうと言った。けれども、四年前両国橋から落されたのを機に、喘息《ぜんそく》の病を持ち胸を患っていた。ふっくらしていた体もすっかり痩《や》せて、膚《はだ》が雪のように白い女になってしまった。

この一年ほどは、だいぶ調子が良くて、近所の女房たちの髪を結うことが出来るほどに快復していたが、まだ安心は出来ない。郷太が無理やり進める形で、引っ越しをしてしまった。

お松なら、おれんの話をどんなことでも、黙って聞いてくれるはずだった。米沢町から小柳町まで、何度かびんだらいを置いて休む。立ち止まると、日差しのもとでも風が冷たかった。

散りいそいだ落葉が、時おり辺りに舞っている。

おれんが家の戸を開けると、三和土《たたき》に見慣れた男物の草履があった。郷太が、帰ってきている。八つ半（三時頃）を過ぎたばかり。この刻限に帰って来るとは聞いていなかったので、ふっと気持ちが騒いだ。

岡っ引きの手先という仕事をしていると、いつどういうことが起こってもおかしくはない。所帯を持ち腹に子ができてから、その思いは強くなった。

「なあに、ちょいとおまえに知らせてやりたいことがあってさ」

けげんな顔付きのおれんに、郷太は言った。笑おうとしたが、うまく笑顔になっていなかった。お松も傍にいて、こちらを見ていた。何も言わないが、どこかに哀れむ気配が潜んでいた。

おれんの胸の奥に、微《かす》かな怯《おび》えが湧く。

「もうじき、次の赦免舟がやって来る。今度は、弥吉さんが乗っているようだ」

郷太は一気に言った。そしておれんの顔を見た。不安そうな影が、ほんのわずかかすめた。

「弥吉さんが……」

言葉を呑み込んだ。郷太と所帯を持ってから、いつかはこういう日が来るのではないかと考えていた。

今さら、どうなるものでもない。もし再会できたら、以前と同様にとはいかないにしても、思いを尽くして関わっていきたいと考えていた。けれども気持ちではそう決めていても、自分は弥吉が赦免と知った時、取り乱してしまうのではないかという恐れをどこかで感じていた。

弥吉は、四年前に絡まれたやくざ者をあやまって殺してしまい、八丈に島流しになった。事件が起こる前には、弥吉は所帯を持とうと言ってくれたのである。一年と少し前、郷太と所帯を持つと覚悟を決めるまでは、自分もそうするつもりでいた。島から帰るのを、待つ覚悟でいたのである。

結局は郷太の優しさと、一途《いちず》な思い入れに負けて今の所帯を持つことにしたのだが、おれんは後悔をしていなかった。こうなることが自分の定めだと、満足にさえ思っていた。

ただ身勝手ではないか、という気持ちがまったくないわけではなかった。流人舟が船着き場を離れるとき、永代橋から見送ったおれんは「待っているよ」と叫んだ。それを忘れてはいない。

そして郷太は、そのとき傍にいた。

赦免舟は、これまでも一度だけあった。しかしそれに弥吉は乗っていなかった。だから郷太は、弥吉の消息を知るために尽力してくれた。赦免舟があるとなれば、そのままにはしない。

郷太は甚五郎に手札を渡している定町廻《じょうまちまわ》り同心から聞いて、いの一番にと伝えてきたのである。

「無事に帰れることになって、ほんとうに良かった」

つぶやきになって、おれんの口から漏れた。

四年という歳月……。

おれんにとっても様々な出来事があったが、弥吉も想像のつかない苦労をしたのに違いなかった。ようやく辛抱のかいがあって、江戸に戻って来られるのだ。まずそれが、自分の事のようにうれしかった。

「場合によっては、死ぬまで戻れないこともある。運が良かったんだろうが、帰ってからのことは、できるだけのことをしなくちゃならねえだろうな。これといった身よりは、なかったはずだ」

郷太が言った。低い声音だったが、おれんの胸に染みた。ありがたかったが、同時に昔自分が好いていた人のために気を遣わせているという、後ろめたさも湧いた。

「でも、戻ってからの暮らしは、とどのつまりは弥吉さんが、自分でしなくてはならないことだろうけど」

「そうさ、だが後押しはしてやれる」

郷太が、はっきりとおれんを見ながら言った。つい先ほどちらと浮かんだ不安の影は、すでになくなっていた。おれんの心がすでに、動かないと見て取ったのかもしれない。

「ありがとう、あんた」

「よかったねえ」

お松も言ってくれて、それで救われた。

もうじき弥吉の顔を、見ることができる。夢にまで見た顔だ。

江戸は、あの頃と少しも変わっていない。町並の様子も、流れてゆく季節も。

しかし、自分はすでに人の女房になっている……。

胸を、ぎゅっと押されるような痛みがあった。取り乱すのではないかという怯えは去ったが、弥吉を慮《おもんぱか》る気持ちが新たに湧いた。

弥吉はどのような感慨を抱いて、赦免舟に乗るのだろうか。四年の歳月、自分をどう思って過ごしてきたのか。

気にかかるが、分かったところでどうにもならない。どうにもできない。

知らず知らず、腹を撫でていた。おれんの家の縁の下からも、蟋蟀の鳴く声が聞こえてきた。

三

しまい忘れた軒先の風鈴が、季節はずれの音をたてていた。お恭が一人で住まうしもた屋でのことだ。

七日ごとに撫で付けに通っているが、前に来た時もその前に来た時も、騒がしく鳴る音が、おれんには気になっていた。強い風が吹くと、わけもなくせかされている気持ちになるのだが、今日はなおさらだった。

いいかげんに外せばいいのにと思うが、お恭はその音を気にしていない。

鏡に向かって座ると、すぐにどうでもいいようなことを甘えた口調で話してくる。

ところが今日は、どういうわけか黙り込んでいる。おれんはそれを幸いに、手早く髪を結い上げてゆく。癖の良い髪だから、手間はかからないのだが、時おり手の動きが滞った。

お恭に会って、四、五日前に両国広小路ですりの現場を目撃したことを思い出した。だがその出来事は、今おれんが抱えている屈託と比べれば、しょせん他人事《ひとごと》だった。

気がつくと、弥吉のことを考えている……。

あと十日もしないうちに、赦免舟は江戸に着くはずだった。

再会した時、いったい何と言えば良いのだろう。おれんの腹を一目見れば、弥吉はすべてを承知するはずだ。それはそれで、しかたがない。ただもし、自分が江戸で帰りを待っていることをひたすら信じて、これを心の支えにして今日まで過ごしてきたのならどうなるのか。

覚悟はしているつもりでも、やはりおれんは胸に強い痛みを感じないではいられなかった。

「おれんさん」

鏡の中で、お恭の顔がこちらを見上げていた。思いつめた顔をしている。それで、我に返った。

「どうしたんですか」

「それがねえ……。いや、やっぱりいいの」

目を閉じてしまった。いつもの、客の悪口がまだ一つも出ていない。客の話し方や目付きの嫌らしさを、ひとしきりあげつらって憂さ晴らしするのが常だが、もうじき髪が結い終るというのに俯いたままだ。

お恭らしくない。じっと物を考えている姿なぞ、おれんはこれまで見たこともなかった。

「気になることがあるなら、言ってしまいなさいな。楽になるから」

「うん。でも、いいんだってば」

もし裏のすりの仕事で、しくじりでもしたのなら人には話せないだろう。まして、おれんの亭主が岡っ引きの手先であることは、お恭も知っている。

小柄な体つきながら、目鼻立ちが整っていて器量は十人並み以上。機転のきく性《た》質《ち》で愛嬌《あいきょう》もあるから、男にももてる。金に不自由もしていない。これで後ろめたい稼業をしていなければ悩みなどないはずなのだが、と、そこまで気楽に考えてからはっとした。

もし本当にすりをしたことで苦境に陥っているのだとしたならば、お恭にとって事は重大である。もししくじったのなら、ただでは済まないだろう。島流しにだってなりかねないのだ。

いくら気楽に過ごしているお恭でも、安閑としてはいられないはずだった。しかし……。それならば、すでにお縄になっているのではないか。岡っ引きは、明らかな罪人を遊ばせてはおかないはずである。

風があって、風鈴がまた音を立てた。お恭は、それに気付いていない。頭の中を、何かが占めている。

「好いた人でもできたんですか」

それなら考え込む理由も分かるのだがと、おれんは口に出した。お恭は「そんなあ」と小さく笑った。

風が強くなって、風鈴はしばらく派手な音をたてて揺れている。その音がいきなり止まって、何かが部屋の中に飛び込んできて、ガシャリと激しい音を立てた。

「きゃっ！」

お恭が抑えた叫び声をあげて、おれんの腕を摑《つか》んだ。顔を見ると、青ざめて震えている。

部屋の中に、強い風のために軒下から外れた風鈴が、飛ばされてきたのだった。それが、湯飲み茶碗《ぢゃわん》に当たって激しい音を立てたのだ。

「もうだいじょうぶだから」

おれんが指差して見せると、お恭はいくぶん安心した様子だったが、手の震えは止まっていなかった。

この娘は、怯《おび》えている。おれんは、手を握り返してやりながらそう思った。


「そうなの、お恭ちゃんたら、変におどおどしちゃって、店でも元気がなくてさ」

おタカという二十歳前後の女が言った。『千鳥や』で、お恭と朋輩《ほうばい》の酌女である。昌平橋《しょうへいばし》に通じる湯島聖堂の前の道でばったり会った。湯屋へ行く途中らしかった。

「お客さんと、何かあったの」

「ううん。それだったらあの子、すぐに話すよ。でも、聞いたって何も言わないんだから。こんなの初めて」

「好いた人でもできたのかしらね」

「まさか。お恭ちゃんは、お客と調子をあわせて馬鹿言ってるけど、どちらかといえば男嫌いなんだから。変な子だよ。男ってのは、相手さえ選べばほんとにいいもんなのにさ」

にやりとおタカは笑った。この女も、器量は悪くなかった。

「で、いつごろから様子が変なのかねえ。七日前に髪を直したときは、いつもと同じだったけど」

「そうそうあれは」

おタカは考える顔になった。

「四日ほど前からだね。急におかしくなった」

「四日？」

「そう。その前は、いつもとまったく変わらなかったから」

すると、おれんが両国広小路の雑踏で、すりの現場を見た後のことだった。やはりあれが、お恭を怯えさせる原因になっているのだろうか。お恭の身に、何かが起こっているのは確かだった。

紺の棒抱き縞の着物を着た男の後ろ姿が、おれんの目に浮かんだ。お恭が、『仕事』をした相手である。

四

「どうにか、親分の手づるで長屋を借りる算段だけはできたがよ」

　びんだらいをぶら下げて家に戻ったおれんに、郷太が言った。ふうと、ため息を吐《つ》いている。

　髪結仕事のついでに、郷太は弥吉のための長屋を見てきたのである。外神田久右衛門町蔵地《きゅうえもんちょうくらち》の材木屋の裏手だった。甚五郎親分の口利きがあってのことだ。

　おれんも見に行きたかったが、もう数日で出産という身には外神田は遠かった。当座の暮らしの道具や布団などは、郷太が手配をしてくれたという。赦免舟は、そろそろ八丈を出る頃だった。

「それにしても、仕事を探すのはたいへんだな。お店勤めは無理だろうよ」

「うん、それは仕方がないだろうね」

　おれんは答えたが、それは分かり切っていた。弥吉は老舗《しにせ》の両替屋で手代をした男だが、島帰りで雇ってくれるまともな店があるとは考えられない。

　それでも今のうちに長屋を借りられたのは、せめてものことだった。郷太は、おれんのために、できるだけのことをしてくれている。気持ちのどこかに、弥吉からおれんを取り上げたという、負い目があるのかもしれなかった。

「じゃあ、もうひと稼ぎしてくるぜ」

杓《ひしゃく》で水をすくい、喉《のど》を鳴らして飲むと、郷太は再びびんだらいを持ち上げた。夕暮れまでに、あと二軒の家を回るらしかった。

「おれも、おやじになるからな。ぼやぼやしていられねえ、稼がねえとよ」

居付きの店を持ちたいという夢がある。

郷太が出て行くと、おれんは赤子のための肌着の支度を始めた。すでに何か月も前から少しずつ用意してきている。子供の物をいじっていると、気持ちが落ち着いた。

ふっと、『千鳥や』のお恭のことを思い出したが、今の自分にはどうしようもないことだと、おれんは感じていた。いく度か郷太に話してみようかとも思案したのだが、やはりできなかった。

何が起こっても、すりという悪事を繰り返してきた報いではないかという考えが、どこかにある。またそれを公にすることにためらいがあった。

「精が出るね」

お松が部屋に入ってきた。梨を二つ、手にしていた。

夏の暑さも峠を越した辺りから、お松の体調は目に見えて良くなった。喘息の発作はこのところないし、顔の色も白い中にも時おり赤味がさすようになっていた。仕事もぼちぼちとやっていて、今日は昼前に、近所の馴染みの老婆の家に髪を結いに行ってきたほどである。

「貰い物だけど、あんまりおいしそうだから」

梨の皮をむいて、おれんに差し出した。

口に含むと、さくさくとして甘く水気があって旨《うま》かった。

「あっ」

旨味が伝わったのか、おれんの腹の子が動いたのである。元気のいい動き方だった。

「どれどれ」

お松が、手を伸ばして大きな腹に手を触れた。

「本当だ、動いている。これから生れてくるという、勢いがあるね」

「うん、そうね」

しばらくの間、お松はそうやっておれんの腹に手を当てていた。ふっと気が付くと、そのままの姿勢で涙ぐんでいた。

「どうしたの」

「いや、ちょっとね」

お松は座り直すと懐紙で目頭を拭《ふ》いた。そして続けた。

「その梨をくれたのは、須田町二丁目のお徳《とく》さんなんだけど。あの人は、もうじき亡くなる。二度とあの髪を結ってやることはないんだと、思ったのさ」

「でも、お徳さんならまだ」

この半年ほど寝込んではいるが、まだ危ないという話は聞いていなかった。六十代半ばになる、水菓子屋の隠居の老婆である。

「縁起でもないことは、言わないほうがいいよ」

「うん、そりゃあそうだけど。でも、もうじきお迎えがくる。私には分かるんだ」

おかしなことを言うと、おれんは姉の白い顔を見つめた。

「今日、お徳さんの頭を、湯で洗ってあげた。いくらか具合がいいようだし、寝たきりで、不憫《ふびん》だったからさ。でも、頭に手を当ててびっくりした」

「何が」

「だってあの人の頭、こんなに小さくなっていた。軽くて、頭の皮が、骨にぴったり張り付くようになっていてね。じっと、息を凝らして死ぬのを待っている。あんたのお腹とは、大違い」

両の手のひらで、大きささを示した。瓜《うり》ほどの大きさだ。

「…………」

「もう長いこと、髪や頭に触っているから分かるけど、ああなった頭の人には、みんなお迎えが来ていた。だから、ていねいにお別れをするつもりで結ってきたんだけどさ。私は、まだ子供だったときからお徳さんを知っていた」

お松は喘息や胸の患いを持ってから、いつも死と背中合わせに生きてきた。慌てたり取り乱したりすることはなかったが、じっと己の中にある生命の音を確かめている、そういう一面があった。

「生れたら、いつか死ぬのは分かっているけど、じきに死ぬ人を目の前にすると、やっぱり悲しい。かわいそうというんじゃないけど、それぞれの長い身過ぎ世過ぎがこれで終るんだって」

「ずっと、お徳さんの髪を結ってきたからね」

「そうだよ、ずいぶん愚痴やら自慢話やらを聞かされたけどさ。おれんちゃんのお腹の子は、どんな明け暮れを過ごして行くのかね」

言われて、おれんは我知らず腹を撫でていた。お徳の顔がすっと頭に浮かんできて、それからこれまでに出会った多くの人たちの顔が、次々と浮かんで消えた。そして最後に、郷太と弥吉の面差しが頭の裏に残った。

狭い庭の向こうから、鵯《ひよどり》の鳴く声が聞こえる。外を見上げると、鰯雲《いわしぐも》が西日の朱色に染まりかけていた。

五

行灯《あんどん》の火が、風もないのに揺れた。

もう五つ半（九時頃）をとうに過ぎた刻限だった。虫の音が辺りに響いていて、他にものの気配はなかった。

まだ郷太は帰っていなかった。昼過ぎに、びんだらいを持って出かけたきりである。夕刻には仕事が済むはずだったが、この時刻になっても戻らないのは、御用の向きで遅くなっているのに違いなかった。郷太は酒飲みで、時々遅くなることがあったが、おれんに子が宿ってからは飲んで帰ることがほとんどなくなった。家で、おれんの酌で飲むのである。

声の大きい男で、いればうるさいのだが、いないと寂《さみ》しい。おれんは自分のびんだらいの引き出しを開けて、道具の手入れをしながら郷太を待っていた。この二日ほどは、仕事に出ていない。いよいよいつ産気づいてもおかしくない頃だと言われて、出歩くことを慎んでいたのだ。

時おり弥吉のことを考える。もう舟はどこまで来ているだろう。再会して、初めに何を話したら良いのか。そう考えると胸が騒ぐが、しょせんは会ってみないことには始まらない。

所帯を持つ前や持った直後に赦免舟が来たのなら、もっと違った気持ちだったかもしれない。だが今は、郷太との一年の暮らしがある。

腹の子が、また動いた。

四半刻《しはんとき》（約三十分）ほどして、郷太はようやく帰ってきた。目の縁に上気した色があった。おれんを見て最初に発した言葉に、驚かされた。

「蔦次が江戸に、戻ってきたらしい」

「ほんとに」

「ああ、四年前と同じ細工の贋《にせ》の小粒が、いくつか見付かった。あいつの仲間うちの仕事に違いねえ。そろそろほとぼりが冷めた頃と、たかを括《くく》って来たんだろうさ。

ふざけやがってよ」

郷太は、甚五郎親分と共に蔦次一味を捕らえることに、執念を燃やして取り組んできた。二年前には、姿を隠した彼らを小田原まで追ったが、惜しいところで逃がしたという経緯《いきさつ》がある。

「今度こそひっ捕まえてやる。のこのこ出てきやがった、あいつらの運のつきだ」

「うん。でも、気を付けて。怪我なんてしないようにさ」

初めに気がかりになったのは、そのことだった。もちろん郷太に手柄をあげさせたかったが、蔦次は女子供にも平気で手を出す、執拗《しつよう》で凶暴な男だった。しかも背後には何人もの仲間がいる。

蔦次の、一見は生真面目そうな職人に見える風貌《ふうぼう》を思い出した。そして、おれんは「あっ」と小さな声を上げた。

八日ほど前に、両国広小路の雑踏で見かけた男の背中。あれは蔦次のものではなかっただろうか。どこかで見覚えのあるものだと、しきりに考えた。だが後になって、お恭の見事な早業とその後の怯えた姿に気を取られ、男の後ろ姿は頭の中から消えていた。

「どうした」

「ううん、何でもない」

郷太に問われて、喉元まで言葉が出かかったが、おれんはかろうじて呑み込んだ。あの男が蔦次ならば、もちろん何を措《お》いても伝えなくてはならない。けれども、そのためにはお恭がすりの名人であることにも触れなくてはならない。

あの男の後ろ姿は似ているが、はっきりと蔦次だと決めつけることには、ためらいがあった。正面から顔を見たわけではないのだ。

あれが本当に蔦次であったとするならば、お恭は贋の金をすり取っていると考えられる。

お恭がすったのが贋の小粒なら、蔦次はそれを取り返すためには何でもするだろう。そうなったら、黙っていることは、お恭の命を危険にさらす。お縄に掛かるよりも、悲惨な結果もありうるのだった。

明日さっそく確かめよう。おれんはそう決心した。


朝から雨が降っていた。

昼過ぎには止むのではないかと期待していたが、空を覆った鉛色の雨雲は消えて行く気配がなかった。おれんは出かけることにためらいがあったが、駕籠《かご》を雇うと湯島のお恭の家に向かった。

お松に行先を告げると、不安げに早く帰るようにと言われた。

臨月の体は駕籠に入ると窮屈だったが、お恭のためにも、早く確かめなくてはならない。まだ九つ半（一時頃）を過ぎたばかりだというのに、辺りは夕刻のように薄暗くなっていた。

駕籠に乗っているうちに、体が幾分冷えた。腹の奥に微かな痛みがあるのに気付く。はっとしたが、帰る決心はつかなかった。

お恭は家にいた。おれんの姿を見るとひどく驚き、体を支えるようにして家に上げてくれた。顔色が、悪かった。

「来てくれて良かった。何だか心細くて。誰かに覗《のぞ》かれているような気もしていたから。でも、いったいどうしたんですか。こんな雨だというのに」

けげんな顔をした。

「お恭ちゃん、あんた何かに怯えている。誰かに狙われているんじゃないの」

おれんは部屋に座ると、直截《ちょくせつ》に聞いた。お恭の顔が、べそをかいたようになった。

怯えた目が、見つめ返してきた。

「これまでに、襲われかかったり、つけられたりとかの怖い思いをしたんじゃないの」

「ま、まあ」

なぜ分かるのかという、不安げな目を向けてきた。

「なぜだか、分かっているの」

「いいえ」

微かに頭《かぶり》を振った。表情が、いつもより三つ四つほど幼くなった。

「ここは、性根を据えて答えなければだめよ。あんたは両国広小路で、紺の縞の着物の職人ふうの男から財布をすり取ったでしょ」

「えっ」

「見事な早業を、見せて貰った。あの時に財布を盗んだ男が、きっとお恭ちゃんを狙っている。財布を、見せてごらんなさい」

「財布なんて、捨てちまったよ」

ぶるっと体を震わせてから、お恭は言った。小さいが叫び声になっていた。

「でも、お金はまだあるでしょ。それを見せてごらんよ」

おれんが言うと、お恭は弾《はじ》かれたように立ち上がり、台所の土間から味噌壺《みそつぼ》を持ってきた。巾着《きんちゃく》に入った小粒は、ひと塊になってその中にあった。一つを取り出し砕いてみると、芯《しん》の部分が異物だった。よく見ると、南京玉のかけらである。

お恭は、もう一度小さく叫んだ。震えが止まらない。

「やっぱり、蔦次だ」

「お、おれんさん、あ、あたし怖いよ。両国広小路ですった、つ、次の日、頬被《ほおかぶ》りした男が匕首《あいくち》を持って、ここへ来たんだ。たぶんお金をすった、あの男だと思ったけど」

顔はおぼろげだが、体つきと着物の柄はよく覚えていると付け足した。

「…………」

「その時は大きな声を出したから、近所の人が騒いでくれて、なんとか助かった。でも襲われた本当のわけなんて、誰にも言えなくて。その後も何だか、見張られているようで、おちおちとはしていられなかったんだ。ねえ、助けておくれよ」

体を強く揺すられた。それで、じわじわとあった腹の奥の痛みが、にわかに全身に広がった。

「そうと分かったら、ここに一人でいちゃ危ないよ。私の家に行こうじゃないか。正直に話せば、うちの人だって悪いようにはしないだろうからさ」

「う、うん」

わずかな迷いは見せたが、お恭は頷《うなず》いた。明らかな恐怖が顔に浮かんでいる。

「それで、財布にはこんなのも入っていた」

お恭は胸元から、一枚の紙の切れ端を差し出した。手のひらほどの大きさで、『本所島田屋《しまだや》』と文字が読めた。

「これは」

「さあ。でも財布には、大事そうに折って挟まれていたから」

「じゃあ、預かっておくよ」

小粒の入った巾着と紙切れを受け取って、立ち上がろうとした。その時、腹に激しい痛みがあって、おれんは畳に手をついた。立ち上がろうとしたが、身動きは出来なかった。額に脂汗が滲《にじ》んでくるのが、自分でも分かった。そろそろと尻を畳に下ろした。

「生れそうなんだね」

驚いたお恭は、手早く寝床を敷いてくれた。腹の痛みはいったんは治まるが、すぐにぶり返してくる。その間隔は、次第に間近になっていた。こうなると、駕籠にも乗れない。

家に帰ることを、おれんはあきらめた。こんなことになるとは、予想もしなかった。

「家の軒先で駕籠が待っている。お恭ちゃんそれに乗って、小柳町の産婆のおはるさんを、呼んできておくれな」

「分かった」

お恭が走り去った。腹を撫でながら、おれんは郷太のことを考えた。

屋根に、雨音が響いているのをぼんやり聞いた。

六

薄闇の中で、おれんは横たわっていた。雨はやむ気配がなく、外の様子で刻限を推し量ることはできなかった。

お恭が出かけて、どのくらいの時がたっているのか見当もつかない。一人だけ誰にも気付かれず、取り残された思いだった。

「松姉ちゃん……。郷太さん……」

いく度か、ひとりでに声が出た。明かりをつけようかと考えたが、その気力は起こらなかった。

すっと、戸が開く音を聞いた。誰かが忍び足で入って来る。ようやくお恭が戻ってきたのだと思って、おれんはほっとした。腹の痛みは、いくらか治まっている。しかし、その痛みはすぐにぶり返してくるはずだった。

「雨の中をすまなかったね、お恭ちゃん」

寝返りを打つのも億劫《おっくう》で、そのままの姿勢で声をかけた。すると、向こうの足音が止まった。

「おれん、久しぶりじゃあねえか」

抑えた男の声だった。はっとして、布団を上げた。見上げると向こうの目と合った。黒っぽい着物も髪も、すっかり濡《ぬ》れていた。滴が落ちている。土足のままだ。

「あ、あんたは」

おれんは、息を吞んだ。薄闇の中でもそれが蔦次なのは、すぐに分かった。四年前に見たときよりも、荒《すさ》んだ表情になっていた。老けて、しわが深くなったとも感じた。

「こんなところで、会うとはなあ。お恭を見張っていて、おめえが現われたのには驚いたぜ」

どきりとするくらい冷ややかな声で言って、懐から匕首を抜いた。

「おめえらのお蔭《かげ》で、苦労をしたぜ。田舎まわりをさせられてよ」

じりっと前に踏み出した。

「寄らないで。寄ったら、大きな声を出すから」

おれんは腹をかばいながら、半身を起こした。痛みは感じなかった。

「出すなら出してみろ。この雨音だ、よほど大きな声を出さねえと、隣にはとどかねえぜ」

蔦次はいきなり飛びついてきて、おれんの胸倉を摑んだ。悲鳴を上げそうになったが、匕首の先を腹にあてられて声を吞み込んだ。そして出てきたのは、かすれた小さな声だった。

「お願い、それは止めて」

「うるせえ。お恭ともども、あの世へ送ってやる。もともとそのつもりだった」

「いや、いやだよ」

体を動かそうとして、それまで枕の下に置いていた紙切れが、畳の上に滑り出た。

『本所島田屋』と書かれた、すり取った巾着に入っていた紙である。

気付いた蔦次は、素早く手に取った。

「てめえ、これを読んだな」

おれんを見詰め直した目に、憎悪があった。凶暴さが、体から満ちていた。

「それなら、なおさら生かしてはおけねえ」

蔦次が匕首を振り上げた。それは薄闇の中に、一瞬止まってから襲いかかってきた。

おれんは渾身《こんしん》の力を振り絞って、どうにか最初の一撃をかわした。匕首の切っ先が、顔の横一寸ほどのところを行き過ぎた。しかし、それで腹全体に激痛が走って、おれんは覚えずうめき声を漏らした。

相手は匕首を構え直した。口元に嗤《わら》いが浮かんでいる。獲物の逃げ道を閉ざした、獣の顔だ。

もうこれ以上は、逃げることが出来ない。腹を抱えながら、おれんは感じた。

腹の子だけは、守りたい。でも……。

「助けて」

神に願った。願いを聞いてくれたら、何だってするだろう。

その時、荒い足音を聞いた。いきなり誰かが、蔦次に躍りかかったのである。

おれんは転がりながら、部屋の隅に体を寄せた。腹の痛みは、容赦のない勢いで襲ってくる。

激痛の中で、縺《もつ》れ合う二人の男の姿を見た。助けに入った男の顔は、心細さの中でずっと待ち続けていた顔である。

「郷太だな、てめえここでも邪魔をする気か」

蔦次が怒声を発した。匕首を、休まずに突っ掛けてゆく。手慣れた動きで、体の一部のようだ。四年前、郷太のために江戸を追われ、街道筋を転々とする暮らしを余儀なくされた。小田原では、わずかのところで、お縄にかかるところだった。そうした積年の恨みが、切っ先の一つ一つにこもっている。

「くたばれっ」

素手で立ち向かう郷太は、すぐに腕にいくつもの小さな切傷を負った。血が、辺りに散っている。しかし、怯《ひる》んでいる様子はまったくなかった。蔦次を捕らえることを宿命のようにただひたすら願って、過ごしてきたのである。

お願い。命だけは、なくさないで。

おれんの胸に兆した思いは、それだけだった。

「人殺しだっ。誰か、誰か来て」

無駄でも声の限りおれんは叫んだ。

突き出てくる切っ先をかわしながら、郷太は足で相手の向こう脛《ずね》を二度続けて蹴《け》った。これがうまく嵌《はま》った。勢い余った蔦次は、もんどりを打って前に転んだ。だが驚くべき速さで身を起こした。その位置は、蹲《うずくま》っていたおれんに近かった。

蔦次の手は、匕首を握ったままである。その手を振り上げた。切っ先はおれんに向かっている。

郷太がその間に飛び込んだ。蔦次に対して身構えた。恐れも迷いもない。我が身を盾にするつもりである。

「お役人が来たよ」

女の叫び声が聞こえた。雨音に負けまいとする高い叫びで、お恭の声だった。お恭が、郷太だけでなく役人を呼んできてくれたのに違いなかった。

蔦次の動きが、すっと止まった。後ろに身を引いている。

「覚えていやがれ。てめえらには、かならずこの礼をしてやる。忘れるな」

言い終らぬうちに、雨戸を蹴破って、外に走り出た。薄墨色の降り続く雨の向こうへ、蔦次は瞬く間に走り込んだ。

「おれん、しっかりしろ」

郷太は後を追わず、おれんを抱き起こした。産婆のおはるも現われて、青ざめた顔で手を握ってくれた。それで一瞬、ぼうっと気持ちが遠のくのを感じた。

お恭が再び雨戸を閉める。郷太は湯を沸かす。たった今まで闘争の場だった部屋は、おれんの産室に変わった。

一刻（約二時間）後、おれんは男児を出産した。元気のいい赤子の泣き声が部屋の中に満ちた。

七

夜半、雨がやんだ。

おれんは、赤子が泣くたびに、目を覚ました。乳を含ませてやると、子は安心して眠りにつく。

この世に生れてくるほんの少し前、嵐に襲われるような一時があったわけだが、その痕跡《こんせき》は赤子の中にはなかった。おれんにしてみても、それはほんの数刻前の出来事だったはずなのに、昨日のことのように遠く感じられた。

それだけ出産は辛《つら》かった。経験したことのない痛さだった。

郷太は湯を沸かしながら、竈《かまど》の前で蹲っていたという。そして生れると、赤子とおれんの顔を等分に見ては、目をしばたたかせた。

産室での細かな手伝い仕事をしてくれたのは、お恭だった。きびきびとした動きだったらしい。

一段落した後で、お恭は蔦次とのいきさつを、すべて郷太に話した。

『本所島田屋』の紙切れについては、郷太は甚五郎親分のもとに報告に走ったが、すぐに戻ってきた。場合によっては、これは贋金造りの隠れ家かもしれないという含みもあって、甚五郎らは早急に仔細《しさい》に調べてみるということになった。

だが郷太は、その仕事には加わらなかった。おれんの枕元に、ずっと座っていてくれたのである。

「もう蔦次は、ここへは来やしねえだろうがよ」

郷太は、それを案じたのである。腕に負った傷の手当を、お恭がした。

翌朝も、おれんは赤子の泣き声で起こされた。朝の日差しが眩《まぶ》しい。お恭が食事の支度をしているらしく、味噌汁のにおいがした。

赤子に乳を含ませる。まだ小さな体だが、乳首を吸う力に確かな命の迸《ほとばし》りを感じた。愛《いと》しさが湧いてくる。

郷太の姿は、すでになかった。贋金造り一味の探索に出かけたとお恭が言った。甚五郎の若い手先が、用心棒代わりに詰めてくれているという。

「あたしを仕込んでくれたのは、おっかさんなんだ」

食事をしながら、お恭が言った。なすの味噌汁が、香ばしくてうまかった。

「これまで、しくじったことなんて一度もなかったのに。あいつだけは、ちゃんとあたしのこと調べ出しやがった。きっとすり仲間に、脅しをかけたんだ。仲間の名や家は、何があっても教えないことになっているんだけどさ。ひとり働きのすりは、こうなると弱いもんさ」

「でも、すりをするほど、お金が欲しかったの」

「ううん、お金には困ってない。知り合いで困っている人がいて、あげてしまったこともあるし。それに、お金のありそうな男の人しか狙わなかったんだから」

「どうして」

「おっかさんはね、あたしのおとっつぁんに、さんざん酷《ひど》い目にあわされたんだって。だからさ、男なんて信じちゃいけないって、いつも言っていた。それなのにさ、くだらない男に騙《だま》されて、あたしと二人でいつか店を持とうって貯めていた金を取られて、殺されちまった。二年前さ。大川に死体が上がったって。お役人なんて、何にもしちゃあくれなかった」

「そう」

「だからさ、質《たち》の悪い客の相手をして、苛々《いらいら》したときなんて、ついやっちまったんだよ。でも、こんなに怖い目にあうとは、思わなかった。おれんさんがいなければ、あたし殺されていた。男なんて、見栄《みえ》ばっかり張ってて、狡《ずる》くて。だから仕返しのつもりでいたんだけど」

お恭の箸《はし》が止まった。思案する顔に、心細さが感じられた。この娘には、いざという時に頼れる親類縁者なぞいないのだ。

「あたし、これからどうなるんだろう。すりだってことが、分かっちまったわけだしさ。贋金造りにだって、恨まれているんだろうし」

「うちの人、何か言っていた」

「ううん、こちらの話を聞いただけ」

「それなら、悪いようにはしないつもりかもしれない。もし贋金造りが捕まれば、お恭ちゃんは御用のお役に立ったことになるわけだからね」

「そうだといいけど」

微かに笑った。

男だって女だって、酷い人もいれば、そうでない人もいる。そういうことを、一つ一つの出会いの中で、この娘は分かっていかなくてはならない。できることならこれまでの暮らしはこれまでのこととして、やり直させてやりたかった。

「もう、二度とすりなんてしちゃだめだよ」

「うん、身に沁《し》みた」

たよりない声だが、そのたよりなさがお恭の心情を伝えてきていると感じた。

赤子が泣く。おれんは茶碗を置くと、添い寝をした。


正午が過ぎてしばらくしてから、お松が来た。

おれんは、赤子に乳をやりながら、濡縁《ぬれえん》の脇に植えられている赤い鶏頭の花を眺めていた。わずかに風があって、紅葉した落葉が一枚、花の横をかすめて舞った。

お松は、昨夜子供が生れたのち、一度顔を見に、このお恭の家に来ている。母子ともに順調なのを確かめると、安心した様子で帰っていった。

夜が明けたら、早々に来るよと話していたのだが、遅かった。昨夜雨の中を出てきたので、具合でも悪くしたのではないかと、おれんは内心気遣っていた。

表情に張りがあるので、ほっとした。

「おや、すっかりおっかさんらしくなって」

乳をやるおれんの姿を見て、お松は目を細めた。すぐ傍に座って、乳首を頰張る赤子の頰を指で押した。

赤子の顔は、確かにまだ猿のように赤い。しかし、おれんはこうしていると、まだ名すら決まっていない我が子だが、もう何日もこうして乳をやっている気持ちになった。

「おれんちゃん」

しばらく赤子をあやした後で、お松は急に真顔になった。そしてためらうふうもなく、ひと息で言った。

「今日昼前に赦免舟が着いてね、弥吉さんが帰ってきたんだよ」

「弥吉さんが」

「そう。病にも罹《かか》らずに、帰ってきた。甚五郎親分から知らせがあって、私が迎えに行ってきたんだ」

「うん、ありがとう。無事でなによりだった」

どきんとした。同時にすっと、涙が溢《あふ》れたのも分かった。弥吉は、いったいどのような思いで、江戸の土地を踏んだことだろう。おれん以上に、長い一年一年を過ごしてきたはずだった。

「会うだろ。家の前まで来ているんだ。上がるように言ったんだけど。あの人、そこでいいって。あんたのことは、道すがらみんな話したよ。ずっと、待っていたってこともね」

赤子に乳を含ませたまま、おれんは立ち上がった。

弥吉はお松に出迎えられて、何処にも寄らずおれんのいるこの家にやって来た。赤子がいるからか、勧めても上がってはこなかったという。

戸は、開いたままだった。

「弥吉さん」

上がり框《がまち》に立って、おれんは声をかけた。

けれども人の姿はどこにもなかった。履物を履いて、通りへ出た。

しかしそこにも、弥吉の姿は見当たらなかった。

「弥吉さん」

おれんは再び呼びかけたが、返事はない。いったいどうしたのかと、慌てた。

赤子に乳を含ませたまま、おれんは表通りに向かった。

表通りに、しょんぼりと歩く男の後ろ姿が見えた。はっとした。洗いざらし、三本格子の藍色の着物に、午後の日差しが当たっていた。

色はすっかり褪《あ》せていたが、見覚えがあった。

「弥吉さん、待って」

二度呼びかけて、ようやく振り返った。痩せた顔にくぼんだ目。赤黒く日焼けした顔だが、まさしく弥吉だった。油気のない髪が、風で微かに揺れていた。

「ああ。おれんさん」

眩《まぶ》しげに、弥吉はこちらを見詰めた。何かを言おうとしたが、それは言葉にならなかった。

「どうして、行ってしまうの……。私に会わずに、どこへ行こうというの」

気持ちが高ぶって、おれんは涙声になった。せっかくの再会だというのに、弥吉は自分に会わずに去ろうとしていた。

「お、おれは……、あんたにはもう、用のない者だ」

弥吉の目にも涙の膜が出来ていたが、こぼれ出はしなかった。節くれだった手を強く握って、それだけ言った。

「な、何を言ってるんだよ。私は弥吉さんの帰りを、どれほど待っていたか知れやしない。買ってもらった鬼灯《ほおずき》の鉢、今でも大事に育てているよ。弥吉さんの、おかみさんにしてもらうつもりだったからさ……」

そこまで言って、言葉が出なくなってしまった。赤子が、いきなり乳から口を外して、むずかって泣いた。はっとして横を向く。乳をしまって子をあやすと、気持ちがいくぶん落ち着いた。子供も泣き止んだ。

「済まねえ、おれんさん。おれは島暮らしで、気持ちがいじけちまっていたようだ。あんたから逃げようとして……」

その言葉は、おれんの胸を衝《つ》いた。弥吉は、会うのが嫌で去ろうとしたのではない。思いはむしろ逆で、自分と同じように再会することを強く願っていたのだと気がついた。

「おれんさん。おれは、あんたに礼を言わなければならねえ」

弥吉は、気持ちを改めたように言った。しかしそこには、悲しげな眼差《まなざ》しがあった。おれんは息を呑んだ。

「島での暮らしは、ろくな食い物もなくて、辛くてさ。おれは人殺しだから、どうなってもしかたがないと自分に言い聞かせたんだけど、それでも腹は減るし、冬になれば寒いんだよ。風が強くてね。いっそ死んじまえばいいんだと何度も思った」

「…………」

「でも、人は殺せても、自分は殺せないんだ。いつの間にか、食うためには何でもやっていたよ。畑仕事も漁師の手伝いも何でもね。そして、いつもおれんさんのことを考えていた。江戸から流人舟が出るとき、永代橋で見送ってくれた。あんたはあのとき、おれを待っていると言ってくれた。島で過ごしている間、それがたった一つの張り合いになったんだ」

「そう、ごめんなさい」

弥吉の気持ちが、痛いほど分かった。それなのに自分は、違う男の女房になっている。息苦しくて、赤子を抱く手に力が入った。

「いや、おれんさんが謝るには及ばない。とにかくこうして、おれは江戸の土を踏めることになった。戻ってからの、長屋の心配までしてくれたそうだが、あんたにおれは何もしていねえ。申し訳ねえと思うが、そうやって元気な子を抱いている姿を見ることができて、ほっとしたよ」

「…………」

精いっぱいの弥吉の言葉だと、おれんは思った。返す言葉がなかった。

「もう何があっても、どんな相手にも、かっとはならない。人を傷付けたりはしないから」

弥吉の声が、胸に沁みた。願い通りにならないのは世の常だが、これからこの江戸で、力強く生きていってほしいと願った。

「りっぱなおかみさんに、なった。これでいい。これが何よりさ」

他に何かを告げようとしたが、言葉にならず呑み込んだ。

「ありがとう。そう言ってくれて」

じっと見詰めると、弥吉はふっと目をそらせた。顔に無数のしわや染みができていて、そこに疲れと積み重ねられた鬱屈《うっくつ》が滲んでいる。

おれんは弥吉に触れられるほど傍まで行って、においをかいだ。濃い潮と汗の香が、胸に染み込んでいた。

八

翌々日の朝、おれんは駕籠で小柳町の家に帰った。赤子は郷太が抱いて歩いた。道すがら、落葉がはらはらと舞ってゆくのを目にした。つい先日まで、紅葉だったそれが、辺りの色を変え始めていた。

赤子は長吉《ちょうきち》と名付けた。郷太が考えぬいたあげくにつけた、平凡な名だった。

「負けねえ子になるんだぞ」

何度も小さな耳に、囁きかけていた。

お恭は、しばらくは家の手伝いをさせるということで、引き取った。蔦次がこの娘を襲ったのは、贋の小粒を取り返すということと共に、あの『本所島田屋』と記された紙切れが目当てであったのは確かだった。

それが、後の展開に大きな影響を及ぼしたのである。

昨日は一日中夜遅くまで、郷太は仲間の手先や甚五郎親分と走り回った。

本所に島田屋という屋号の商家は、甚五郎の調べによると四軒あったらしい。そのうちで目当てにしたのは、回向院《えこういん》の先松坂町《まつざかちょう》二丁目にある蕎麦屋《そばや》だった。半年あまり前に主《あるじ》が入れ替わっていた。三十年配の鍬次郎《くわじろう》としもという夫婦者が商う小店である。秘伝の出し汁が格別という噂で繁盛していたが、見慣れぬ男の客がよく出入りしていた。

この夫婦二人が、おれんが蔦次に襲われた次の日の朝には、姿をくらましてしまったのである。紙切れこそ蔦次が持ち去ったが、書かれた内容はこちらに伝わっていた。逃げたに違いなかった。

家を探ったが、代わり映えのない蕎麦屋の造作で、隠れ家というよりも連絡場所と考えたほうが良いらしかった。郷太は歯嚙《はが》みして悔しがったが、後の祭り。また も振り出しに戻ったかに見えた。

だが、鍬次郎をつい最近他の場所で見かけたことがあると申し出た者があった。島田屋がかつお節を仕入れていた乾物屋の番頭で、霊岸島《れいがんじま》の銀町《しろがねちょう》二丁目新川《しんかわ》沿いに並ぶ酒問屋の辺りで鍬次郎を見たのだと言う。

無駄足になってもという気持ちで、探ってみた。すると、酒問屋のすでに使われなくなった古い蔵が贋金造りの隠れ家だと分かったのである。蔦次らしい男が出入りする姿を、目にした者がいた。

この蔵を急襲した。

一味の者が、昨夜すべてそこにいたわけではなかったが、頭と目されていた男や鍬次郎など六名を捕縛することができた。しかし蔦次を含めた三人の男たちは、捕らえることができなかった。

ただこの者たちだけでは、もう今までのような動きが出来ないのは、明白だった。贋金造りの一味は、壊滅したと言ってよかった。

「それにしてもよ、蔦次の野郎を逃がしちゃ、何にもならねえぜ」

郷太はぼやいた。贋金造りへの憎しみは、お松を両国橋から落とされ、取り返しのつかない病を患わされたことから始まっている。蔦次への恨みは消えない。

「しかたがないさ。それでも、よくここまでやれたもんさ」

お松が慰めた。もちろん気持ちの奥に、自分の体を壊された恨みがないといえば嘘になる。けれどもどちらかといえば郷太のために、贋金造りひいては蔦次を捕らえさせたいと考えていた様子だった。

「それにしても、一味の大部分がお縄になったのは、蔦次がお恭ちゃんに財布をすられたのが始まりだった。やつらにしてみれば、すられた上に財布を取り返せなかったのは蔦次のしくじりで、頭を始めみな腹を立てている。逃げた他の二人は、蔦次に罰をあたえるかもしれねえということだが」

「あの蔦次が、仲間に狙われているっていうことかい」

おれんが言った。

「まあ、あいつらの仲間うちじゃ、そういうこともあるのかもしれねえがね。できればおれが、お縄をかけてえところだが」

赤子が泣く。すると家中の者が話を止めて、その声に耳を澄ませた。元気のよい泣き声が、燻《くすぶ》り残っている不満を払い除《の》けた。

弥吉が小柳町に顔を見せたのは、正午前だった。

髭《ひげ》を剃《そ》って、髪をちゃんと撫で付けてあった。新しい半纏《はんてん》を身に着けている。痩せてはいたが、日焼けした体は、四年前と比べてがっしりとしたようだ。

「すまねえが、こいつをおれんさんに、食べてもらおうと思ってね」

秋鯖《あきさば》を持ち上げて見せた。よく肥えていて、鮮度も申し分ない。

弥吉は、魚の振り売りになった。お店勤めも考えたが、無理なことはすぐに悟った。どこの口入れ屋でも、相手にしてもらえなかった。

「まあおれは、お江戸のにおいを吸わしてもらえるだけでも、ありがてえから」

人殺しの島帰り……。弥吉はこの言葉と、辛抱強く付き合っていかなくてはならない。

手っとり早く、今日からでも稼ぎができるのは、天秤棒《てんびんぼう》一本で商いのできる棒手《ぼて》振《ふり》がぎりぎりだ。それでもなにがしかの元手が必要だったが、それはおれんが蓄えの中から出した。

「あげるんじゃないから、気にしないで」

「すまねえな、借りておくよ」

ふた言めには「すまない」と言う。必要以上に頭を下げて礼を言う癖は、島から帰ってからのものだが、そこに若干の卑屈さも混じっている。

十九の年に両替屋の手代になったが、その時は店の大番頭になるのが夢だった。こうなってみて、どういう夢を描いているかは分からない。しかし、弥吉がやり直す覚悟を持っているのは確かだ。

「夕飯を作る頃に来て、三枚におろすところを見てもらおう。島では、そんなことも覚えたんだ」

照れくさそうに笑った。おれんは、もう少し産後の体が整ったら、弥吉とこの四年間の積もる話をしてみるつもりだった。

「あの、お願いがあるんだけど」

弥吉が出ていった後で、お恭がおずおずとした口調で言った。顔に覚悟の色がある。

「あたしに、髪結の仕事を仕込んでもらえないでしょうか」

思いつめた眼差しで、この娘もやり直そうと考えていた。すりだったことは、贋金造りの一味が捕縛されたことで、不問に付された。捕縛の契機になったのは明らかだから、甚五郎が奉行所へ働きかけてくれたのである。

「そうだね、手先は器用なんだから、ていねいにやればじきに一人前になれるかもしれない」

おれんが言うと、お恭は頬を赤くした。

九

「たいへん、お松さんが」

お恭が、血相を変えて走り込んできた。もう四半刻（約三十分）もすれば、暮六つ（六時頃）の鐘が鳴るという時刻だった。

八つ（二時頃）過ぎに、神田川に掛かる新シ橋手前の豊島町《としまちょう》にある客の家へ、お松はお恭を連れて仕事に出ていたのである。本来はおれんの客だったが、体調が整うまでは、代わりに行ってもらうことにしていた。

早く帰って、三枚におろしに来ると言っていた弥吉と共に、秋鯖を刺身や味噌煮にしようと意気込んでいたお松である。その割には帰りが遅くなっていた。この数か月は顔色も良くてほっとしていたのだが、またにわかに病状が悪化したのかと、おれんが気を揉《も》み始めていた折もおりだった。

「どうしたんだい、はっきりお言いよ」

泣きじゃくるお恭に、水を飲ませた。

「つ、蔦次がお松さんを攫《さら》って」

「何だって」

いきなり背後から、何かでどんと突かれたような衝撃があった。まさかとは思ったが、ありえないことではなかった。

「新シ橋の袂で、あたしが蔦次を見掛けたんです。それで、せっかくだから住みかを探ってやれと、二人で後をつけて。郡代屋敷から両国広小路を抜けて、いつの間にか元柳橋《もとやなぎばし》を渡って薬研堀《やげんぼり》の辺りに出ていました。あの辺りは武家地で、急に人気《ひとけ》がなくなって……」

「蔦次のやつが、襲ってきたわけだね」

謀られたのだと、おれんは思った。女だけで追ったのは、お松にしては軽はずみだった。

「はい。あたしが郷太さんのために、な、なんとか手がかりをって。無理に言ったのが悪かったんです」

「それで、松姉ちゃんはどうなったんだい」

「預かるって。か、返してほしければ、すぐに元柳橋に、郷太さんが一人で来いって。一刻（約二時間）以上待たしたら、い、命はないと」

涙声で言っていた。

郷太はいなかった。びんだらいを持って、日本橋北鞘町《きたさやちょう》の古着屋の主人の髪を結いに行っていた。お恭が薬研堀から小柳町のここまでたどり着くのに、すでに四半刻以上かかっているはずである。北鞘町まで行って知らせ、大川端の元柳橋へ走ったとしたら、たどり着く頃にはとうに一刻は過ぎてしまう。蔵前の甚五郎親分のところへ走っても、やはり間に合わない時間だった。

「私が行くよ。お恭ちゃんは北鞘町まで走っておくれ」

時間に遅れれば、蔦次は間違いなくお松を殺してしまうと思った。ためらいはしないだろう。おれんが行ったとてどうなるものではないが、せめて郷太が来るまでの、時間稼ぎくらいはしなければならない。

長吉は、隣の懇意にしている老婆に預かってもらおうと決めた。泣くだろうと思うと辛かったが、今はかまってやれないのだと心を鬼にした。産後の体で、どこまで身動き出来るか分からない。だが、じっとしている場合ではなかった。

お恭を走らせ長吉を預けると、おれんは通りに出て辻駕籠《つじかご》を拾った。

「酒手ははずむからさ、元柳橋まで急いでおくれよ」

駕籠は揺れた。町は暮色に染まり、落ち残った日差しが、通りを弱く照らしていた。昼間はそれほどにも感じなかったが、外気がひどく冷たくなっている。

「松姉ちゃん」

何度か呼び掛けた。この数か月は、体の調子も悪くなかった。喘息の発作もほとんど見られなかったのだが、以前はちょっと無理をしただけで、喉笛をならして苦しんだ。蔦次が手厚く扱っているとは思えないから、今頃は冷たい風にあたって発作に苦しんでいるのではないか、おれんはそう考えて体が震えた。

誰か、松姉ちゃんを助けて。

通りを行くすべての人に訴えたい。けれども、それはできなかった。もし大騒ぎになれば、蔦次は言葉通りお松を殺してしまうだろう。

両国広小路の賑《にぎ》やかな広場を過ぎると、辺りは急に闇に沈んだ。暮六つの鐘は、すでに鳴っていた。おれんは元柳橋の袂で駕籠を降りた。

人の気配はなかった。弱い月明かりが、薬研堀の水面にわずかに反射している。

堀に沿って、おれんは進む。片側は松平丹波守《まつだいらたんばのかみ》の下屋敷で、長い塀が闇の奥に消えていた。耳を澄ますと、虫の音《ね》と共にどこかから女の低いが荒い息遣いが聞こえた。喉笛が息を吸おうとするたびに音を立てる。

「松姉ちゃん、どこ」

思わず声が出て、辺りをもう一度見回す。慌てて出てきたので、おれんは提灯《ちょうちん》を持っていない。月明かりだけが頼りだった。

「おめえ、おれんだな」

いきなり堀に浮いた舟から男が立ち上がり、岸に飛び移った。闇の中でも、蔦次なのはすぐに分かった。舟は堀ぎわの薄《すすき》の穂に隠れて見えにくくなっていたが、目を凝らすと蹲ったお松の姿が見えた。振り向きかけた背が、小刻みに震えている。発作が起こっているのは確かだった。

おれんが走り寄ろうとすると、蔦次が前に立ち塞《ふさ》がった。

「松姉ちゃん」

もう一度呼び掛けると、お松はやっとの様子で振り返った。

「き、来ちゃだめ。あ、あんたは帰りなさい。長吉を残して、ど、どうするの」

悲鳴と言ってもいい声だった。再び咳込《せきこ》む。喉笛がなった。暗がりの中でも、苦しむ姿が目に見えるようだった。

お松はそれでも、這《は》うようにして舟から岸に上がろうとした。月明かりだけでも、それは分かった。

「あんたって人は……」

おれんは蔦次の影を睨《にら》みつけた。

激しい怒りが湧いた。おれんは後先も考えずに、男にむしゃぶりついた。しかしわけなく跳ね返されて、地べたへ叩《たた》きつけられた。

「騒ぐんじゃねえ。それより郷太はどうした」

「家にはいなかった。だから、お恭ちゃんが知らせに行っているよ。それより、代わりに私が来たんだから松姉ちゃんを返して」

「ふん、そういうことか。甚五郎に助けを求めに行っているわけだな。そうはいかねえ。郷太が来ないなら、さっそくお松には死んでもらおう。ついでに、おめえにもな」

「なんだって」

「いいか、郷太には四年前に江戸から追われた。お蔭で、たっぷり田舎まわりをさせてもらった。あげくの果てにあいつは、小田原までも追いかけて来やがった。おれを目の敵にしてな」

おれんを見る目に、憎悪があった。それには冷ややかで、粘り着く不気味さが含まれていた。恐怖がおれんの腰から胸にかけて駆け上がった。だがこちらにも恨みと憎しみがあった。それらが全身を逆巻く波のように駆け巡っている。

体が震えて、地べたから立ち上がることができない。

「ようやく江戸に戻ってきた。すると今度はおれの仕事を邪魔した小娘を、庇《かば》いだてしやがった。一党を潰《つぶ》されたが、そのためにおれは仲間からも狙われるはめになった。すべてが郷太のためにだ。とことん、虚仮《こけ》にしやがって」

蔦次は、唾《つば》を吐いた。

「…………」

「おめえが来たのは、好都合だ。やつに死んでもらうつもりだったが、がきを生んだばかりの女房が殺されれば、ちっとは懲りるだろうぜ。これで江戸を離れられる」

懐から匕首を抜いた。じりっと踏み出してくる。おれんは体を後ろにずらせながら、手に触れた石ころを握り締めた。

蔦次が、躍りかかってくるところに、力任せに石を投げ付けた。

「うっ」

石は、男の左腕をかすったらしかった。

「舐《な》めやがって」

素早く体勢を立て直すと、おれんを押し倒した。馬乗りになられて胸倉を摑まれたが、血のにおいがあった。先ほどの石で傷ついたようだ。

血に、汗のにおいも混じっている。

おれんは力の限りもがく。しかし蔦次の体は、もう動かなかった。硬く鋼のような体だった。匕首の刃《やいば》が、鈍い光を発しながら迫ってくる。

「死ねっ」

一瞬、目をつぶった。長吉の泣く声が遠くに聞こえた。

だが気が付くと、体がふわっと軽くなっていた。何が起こったのか分からない。

辺りの闇を見回して、おれんは「あっ」と声を上げた。

蔦次は匕首を構えて一人の男に向かっていた。おれんは、郷太が間に合ったのだと思った。するとどこかに安堵《あんど》の思いが湧いたが、それはすぐに恐れに変わった。

蔦次の匕首は、吸い込まれるように相手の体を目がけて突き進んで行く。一つの流れとなって止まらない。

そしておれんは、はっと息を呑む。

闘っている男は、郷太ではないのだ。

弥吉である。弥吉が懸命の形相で、襲い来る刃先をかわしているのだった。すでに二、三か所、かすられているらしい。

じりじりと追い詰められている。

なぜ、ここにいるのか、見当もつかなかった。呆然《ぼうぜん》として鬩《せめ》ぎ合いを見詰めた。おれんに分かることは、弥吉が命を張って自分を守ろうとしていることだけだった。

いつの間にか風が吹いていた。落葉が散って、その一枚がおれんの顔を打った。びくっとしたおれんは我に返って、地べたから石を二つ拾う。丁度その時、後ずさっていた弥吉が何かにつまずいて転んだ。蔦次の匕首がその体の上を舞った。

おれんは夢中で石を投げた。

二つ投げた石のうち、一つに手応《てごた》えがあった。蔦次の体に緩みができて、その隙に弥吉は懐から何かを取り出した。

手早く払い取られた手拭《てぬぐ》いから出てきたのは、小振りな出刃包丁である。相手に向かって構えると、動かない。襲ってくる蔦次と刺し違えるつもりらしかった。

「弥吉さん」

「だめ。そんなことしちゃ」

おれんが飛び出したのと、蔦次が突き掛かったのが同時だった。二人の男の体は、縺れ合ったまま わずかに動きが止まった。「ううっ」と呻《うめ》き声があったが、誰のものか分からなかった。どちらもそのままの姿勢で地に倒れた。

それきり動かない。微かな痙攣《けいれん》が、二つの倒れた体を走って流れた。

「しっかりして」

力を振り絞って、覆いかぶさっている蔦次の体を横に押した。重い体だったが、渾身の力を籠《こ》めて横に転がした。

濃い血のにおいがする。

心の臓に出刃包丁が刺さっていた。弥吉は腹に、匕首を刺されている。

「弥吉さん」

肩に手を当てると、目を薄く開けた。

「ああ、おれんさん。あんたが慌てて駕籠に乗るのを見て、何事かとつけてきたんだ。は、初めて、役に立てた。島にいた時から、何もしてやれなかったのが、こ、心残りだったたが」

口元がほころんだ。だが体を動かそうとして、呻き声を漏らした。腹の出血は激しかった。見る間に着物の合わせめが、血に染まって行く。

「動いちゃだめだよ。何も言ってはいけない」

自分の袂を切り裂いてこれに押し当てた。しかしすぐに湧き出してくる血でべとべとになった。

「ありがとう。弥吉さんのお蔭で助かった」

「いや、あんたがしてくれたことと比べたら、どれほどのことでもないさ」

切れ切れにつぶやいた。額の脂汗を、手のひらで拭いてやった。

「苦しいかい。じきに助けが来るから、それまでの辛抱だよ。せっかく戻れたんだもの。いい目を見なくちゃあね」

「…………」

けれどもその時、もう弥吉の顔は蒼白《そうはく》になっていた。月明かりでも、それは分かった。

「え、江戸はいい。こうやって、お、おれんさんに看取《みと》られて、あの世へ行ける。死ぬんなら、こういうふうに死にたいと、し、島にいた時からずっと考えていた」

すうっと息を吐いて、体から力がなくなった。

「弥吉さん」

弾かれたように、おれんは体を揺すったが、もうぴくりとも動かなかった。

額に張り付いた髪を、かきあげてやった。体はまだ温かい。さらに名を呼びながら、繰り返し揺すったが返事はなかった。息もしていなかった。

死に顔を見詰めた。じっとそうしていると、口元に先ほどのほころびが、残っている気がした。

出会ったのは、十四の時。お松に連れられて、両替屋の奥に顔を出したのが初めだったが、今日までの六年間おれんの胸の内の多くを占めてきた人である。それが島から戻ると、あっけなく死んでしまった。

それも、おれんの身を守るために。

「おれんさんに看取られて、あの世へ行ける」

いまわの際の、弥吉の言葉が蘇《よみがえ》った。

島から帰って、子を抱いたおれんを見た時は、ほっとしたと言った。おれんの幸せを喜び、それ以外の気持ちは少しも面に表わさなかったが、今弥吉の男としての自分への思いを聞いた気がしたのである。

おれんへの思いは、四年前と少しも変わらない。たとえどのような境遇になろうとも……。そう言いたかったに違いなかった。

蔦次は、弥吉がまともにぶつかって勝てる相手ではない。しかし、それでもおれんを守るために闘った。もう二度と人を傷付けないという誓いをたて、刃物を使うのを避けたが、己の命と引き換えにすることで誓いを破った。

死に顔に、ささやかな笑みが残っていた。

ああ、弥吉の自分への思い……。

そう考えると、背筋が激しく震え始めた。まだ残っているぬくもりを追うように、おれんは震える体を抑えつけて、弥吉の頬に自分のそれを触れさせた。

枯草を掻《か》き分けて、お松が姿を現わした。喘息の発作に苦しみながらも、ここまでたどり付いたのである。艶《たお》れた弥吉の顔を覗き込んだ。

「こ、この人は、江戸へ出て来られて、幸せだった。あ、あんたを、た、助けることが、できたんだから」

その切れ切れの言葉が、おれんの胸に沁みた。

十

広い浅草寺の境内に、人影はまばらだった。

枯れ落葉が舞っていた。寺の小僧が箒《ほうき》を使って掃いているが、きりがない。本堂の屋根を見上げると、そこにも落葉がつもっていた。

「どうか長吉が、元気に育ちますように」

郷太が、声に出して仏壇に祈願するのに、おれんも合わせて声を出した。生れて一か月が過ぎ、長吉はすくすくと目に見える早さで、大きくなっていた。泣くときは、元気に声を張り上げる。

猿のようだった顔立ちも落ち着いた。目の辺りなど郷太に似ていると、今朝も出がけにお松に言われた。

今日は、親子三人で初参りである。

どのような生涯を送ることになるのか、それは考えもつかないが、ともあれたくましい男の子に育ってほしかった。

四年前の七月、四万六千日の縁日の日に、おれんは弥吉に連れられてこの浅草寺へやって来た。蟬の音と人込みの中で聞いた弥吉の声が、耳の奥に残っている。胸に描くこれからの暮らしについて、息が詰まるくらいの思いで聞いたのだったが、実際はその願い通りにはならなかった。

薬研堀で亡くなった弥吉の葬儀は、郷太とおれん、そしてお松が、小柳町の家から出した。お松は一夜、発作に苦しんだが、翌朝には小康状態となった。

「弥吉さんのお弔いは、何としても私たちがしなくちゃね」

発作が治まって、お松は最初にこれを言った。おれんも郷太も、その思いは変わらない。訪れる者もない通夜だったが、おれんはお蔭で、弥吉と向き合うことができた。誰に邪魔されることなく、会えなかった四年間の出来事を報告したのである。伝えたい思いは、やすらかな顔を見ていると、後から後から湧いてきて胸を詰まらせた。

弥吉、享年二十三歳。もし赦免にならなければ、死ぬこともなかったはずだが、何であれ江戸に戻ることが、最後の望みであったのは確かだ。

地面に落ちた枯れ葉が、足下を転がってゆく。四万六千日の縁日のときは、境内一面が青葉に包まれていた。強い日差しを受けて、輝きを辺りに振りまいていた。それから四度目の境内を飾った葉が、ささやかな生を終えて今は土に還《かえ》って行く。

弥吉の最期の思いを、おれんは聞いたつもりだったが、言い残したことはないのだろうか。ふと、そう考えた。

ここで長吉が、むずかる声を上げた。ふくらんだ頰《ほ》っぺたが赤い。乳を求める声だった。

「よしよし」

木陰によって、乳を含ませてやる。幼子は、力強くおれんの乳房を吸った。満足そうだ。

「おれは、そう遠くないうちに、居付きの髪結床を持つぞ。客を増やすんだ。大店の旦那《だんな》だって、おれに髪を結ってもらうために、足を向けてくるような店をよ」

乳を吸う長吉の姿を見詰めていた郷太は、胸を張って口にした。

「そのためには、まだまだ腕を上げなくちゃあいけないよ」

と、一言告げてみる。

「あたりまえじゃねえか。おれには、女房だけじゃなく子供までできたわけだからな」

もう一度、赤子の顔を覗き込んだ。

両の腕と胸に、確かな命の重みがある。

「私だって」

とおれんは呟《つぶや》く。お松は、思うように動かない自分の手と折り合いをつけながら、髪を結う工夫を重ねている。精緻《せいち》な髪は結えなくても、求めている人はたくさんいた。

手先の器用なお恭は熱心で、物覚えもいい。じきに追いついてきそうだ。でも……、負けはしない。

女の髪は、心の内側を現わす。髪に黒繻子《くろじゅす》の布を巻くことにこだわったおえい、死して後も亭主を熱愛し続けたお袖。お松に髪を結ってもらうことで、役に立てなかった甥《おい》への罪滅ぼしをしようとしたお常など、髪結をしているからこそ出会えた人がいる。髪を結うことで、娘や女房、老婆の心を支えることができるのだと知った。

「生涯を、私は髪結として生きて行く。お客が喜んでくれる髪を、結ってゆく」

その決意は、固かった。

長吉が、力強く乳を吸う。赤い顔で、精いっぱい頬をふくらませていた。

解説

大矢《おおや》博子《ひろこ》（書評家）

ブームと呼ばれる時期を過ぎ、すっかりひとつのジャンルとして定着した文庫書き下ろし時代小説のシリーズ。千野《ちの》隆司《たかし》はまさにそのジャンルを牽引《けんいん》しているひとりだ。二十巻を数える『おれは一万石』シリーズ（双葉文庫）や、角川文庫に場を移して新章も好調な『新・入り婿侍商い帖』シリーズ、商人の世界を描く『下り酒一番』シリーズ（講談社文庫）や『出世商人』シリーズ（文春文庫）など、並行して幾つものシリーズを精力的に読者に届けてくれている。一年の刊行点数が十冊を超えることも珍しくなく、まさに「月刊千野隆司」状態だ。

ところが、それほど忙しい中にもノンシリーズの作品を上梓《じょうし》するから驚く。それが本書『髪結おれん　恋情びんだらい』である。シリーズ作者ならではの視点と技術が盛り込まれ、かつ、シリーズとはまた違った一冊完結ならではの魅力の両方が詰まっているので、それを紹介していこう。

主人公は、姉のお松《まつ》とともに廻《まわ》り髪結を生業《なりわい》にしているおれん。両親を亡くし、姉に髪結を習いながら、ようやくひとりでお金を稼げるようになったところだ。両替商で働く弥吉《やきち》と恋仲で、弥吉が手代になったのを機に所帯を持とうと告げられた。また、姉のお松も錺《かざり》職人の蔦次《つたじ》といい雰囲気で——というなんとも幸せな場面から物語が始まる。

しかし、弥吉が店の金をやくざ者に奪われたことから運命が狂い始める。弥吉はその後、再度やくざ者に襲われたとき、誤って相手を殺してしまうのだ。下された沙汰《さた》は遠島。帰りを待つと誓ったおれんだが、その前後からおれん姉妹は何者かに付け狙われるようになる。なぜ彼女たちが狙われるのか？　その顚末《てんまつ》は？

——というのが第一話「鬼灯《ほおずき》の味」のあらすじだ。物語はおれんが十六歳のときに始まり、二十歳までを描いている。

まず、廻り髪結という設定がいい。髪結を主人公にした時代小説といえば宇江佐《うえざ》真理《まり》『髪結い伊三次捕物余話』シリーズ（文春文庫）を筆頭に、泉《いずみ》ゆたか『髪結百花』（角川文庫）、今井絵美子《いまいえみこ》『髪ゆい猫字屋繁盛記』（角川文庫）、倉本由布《くらもとゆう》『むすめ髪結い夢暦』（集英社文庫）など多く思いつくが、髪結とはさまざまな家庭や店に出入りして客と接する職業であることに注目願いたい。主人公がそこで客の人生にかかわったり、トラブルに巻き込まれたり、捕物帳の場合はそこで情報を集めたりすることで、群像劇や連作短編の形になりやすいのである。

本書でも、離縁して一人暮らしをしている婀娜《あだ》っぽい女性の本音、船宿の娘の恋とそれに反対する女将《おかみ》、矢場のごうつく婆の事情、はては女すりが巻き込まれた事件など、一話ごとに実にバラエティに富んだ物語が用意されている。さらにそれぞれサスペンス仕立てになっていて、謎解きに唸《うな》る話あり、立ち回りにハラハラする話あり。これはシリーズものの構成だ。このままおれんを主人公にシリーズにすることだってできたはずなのである。

けれど著者はこれを単発の長編として描いた。それはおれんの四年間の成長と心情の変化こそがこの物語の主題だからだ。

おれんが出会った客たちを思い返していただきたい。姉も含め、ここに登場するのは理由は違えど「ひとりで生きていくことを決めた女性」が大半なのである。小さなお房《ふさ》ですら、誰かに庇護《ひご》してもらうのを良しとせず自分にできることを見つけようとする。

おれんは島流しになった弥吉のことを思い続ける。けれどいつ赦免になるかはわからないし、戻ってこないかもしれないのだ。であれば自分も一生ひとりで生きるのか。そんなとき心惹《こころひ》かれる男性が現れる。その揺らぎ。おれんが出会う女性たちは「なったかもしれない」自分なのである。これがシリーズであれば、おれんは狂言回しとして、それぞれの客を主人公とした物語が展開されるだろう。けれど本書では、客の彼女たちはおれんの心を揺らす存在として登場する。男を信じられない女もいれば、愛しすぎる女もいる。愛を貫くとはどういうことか、囚《とら》われるとはどういうことか、断ち切るとはどういうことか、諦《あきら》めるとはどういうことか、そして、ひとりで生きていくとはどういうことか。さまざまな女性と、その恋情の行方を見せることで、おれん自身を浮き彫りにしていく。

そしてもうひとつ、お松を含め、おれんが出会った女性たちが物語の中で「変わる」ことにも気付かれたい。望むと望まざるとにかかわらず、人は変わる。環境が変わることもあるし、事情が変わることもある。そして彼女たちは、その変化を誰一人として後悔していないのである。

変化とは、選択なのだ。第四話で、おれんはひとつの選択をする。その選択に後悔はないが恐れはある。選択したのはおれんだとしても、それを他の人が（誰が、と書くと話の展開をばらしてしまうことになるのでぼかした表現になるが）どう感じるかはわからないから、それが恐い。そんなおれんの心情の描写が見事だ。読者はおれんとともに、「その瞬間」を固唾《かたず》を呑《の》んで迎えることになる。

本書を最後まで読めば、これがシリーズではなく、ここで完結する意味がおわかりいただけるだろう。第一話から続いていた未解決の事件と、おれん自身の迷いや恐れが、実に鮮やかな形で、ここしかないという場所に落ち着くのだ。決して八方がハッピーエンドになるわけではない。一部には、とても胸が塞《ふさ》がれるような切ない結末もある。だがそれも含めて、物語は見事に幕を閉じるのである。

さまざまな運命の女性たちと対比させながら描かれた、おれんの恋の物語だ。各話に登場する植物も、それぞれのテーマを象徴している。鬼灯の苦味、寒さの中で実る藪柑子《やぶこうじ》、柳絮《りゅうじょ》のはかなさ、真桑瓜《まくわうり》の甘さ。章題にもなったそれらの植物の並びのあとで、唯一、最終話だけが異なるタイトルがつけられている。私にはそれが、春夏秋冬それぞれの辛《つら》さを越え、しっかりと未来を見つめるおれんの決意表明に思えてならない。

シリーズ作品の読者も、ぜひ本書を手にとっていただきたい。シリーズ作品の技術がふんだんに生かされた、けれど単発作品ならではのダイナミズムと情感がたっぷり味わえることを、お約束する。

本書は、二〇一九年九月に小社より刊行された
単行本を加筆修正のうえ、文庫化したものです。

髪《かみ》結《ゆい》おれん
恋情《れんじょう》びんだらい
千《ち》野《の》隆《たか》司《し》

令和4年 4月25日 初版発行

発行者●堀内大示

発行●株式会社KADOKAWA
〒102-8177 東京都千代田区富士見2-13-3
電話 0570-002-301(ナビダイヤル)

角川文庫 23160

印刷所●株式会社暁印刷
製本所●本間製本株式会社

表紙画●和田三造

●お問い合わせ
https://www.kadokawa.co.jp/（「お問い合わせ」へお進みください）
※内容によっては、お答えできない場合があります。
※サポートは日本国内のみとさせていただきます。
※Japanese text only

ISBN 978-4-04-112345-4 C0193

角川文庫発刊に際して

角　川　源　義

　第二次世界大戦の敗北は、軍事力の敗北であった以上に、私たちの若い文化力の敗退であった。私たちの文化が戦争に対して如何に無力であり、単なるあだ花に過ぎなかったかを、私たちは身を以て体験し痛感した。西洋近代文化の摂取にとって、明治以後八十年の歳月は決して短かすぎたとは言えない。にもかかわらず、近代文化の伝統を確立し、自由な批判と柔軟な良識に富む文化層として自らを形成することに私たちは失敗して来た。そしてこれは、各層への文化の普及滲透を任務とする出版人の責任でもあった。

　一九四五年以来、私たちは再び振出しに戻り、第一歩から踏み出すことを余儀なくされた。これは大きな不幸ではあるが、反面、これまでの混沌・未熟・歪曲の中にあった我が国の文化に秩序と確たる基礎を齎らすためには絶好の機会でもある。角川書店は、このような祖国の文化的危機にあたり、微力をも顧みず再建の礎石たるべき抱負と決意とをもって出発したが、ここに創立以来の念願を果すべく角川文庫を発刊する。これまで刊行されたあらゆる全集叢書文庫類の長所と短所とを検討し、古今東西の不朽の典籍を、良心的編集のもとに、廉価に、そして書架にふさわしい美本として、多くのひとびとに提供しようとする。しかし私たちは徒らに百科全書的な知識のジレッタントを作ることを目的とせず、あくまで祖国の文化に秩序と再建への道を示し、この文庫を角川書店の栄ある事業として、今後永久に継続発展せしめ、学芸と教養との殿堂として大成せんことを期したい。多くの読書子の愛情ある忠言と支持とによって、この希望と抱負とを完遂せしめられんことを願う。

一九四九年五月三日

角川文庫ベストセラー

入り婿侍商い帖（一）　千野隆司

入り婿侍商い帖（二）水運のゆくえ　千野隆司

入り婿侍商い帖（三）女房の声　千野隆司

入り婿侍商い帖　関宿御用達　千野隆司

入り婿侍商い帖　関宿御用達（二）　千野隆司

旗本家次男の角次郎は米屋の主人に見込まれて婿に入った。だが実際は聞いていた話と大違い、経営は芳しくなく妻は自分と口をきかない。角次郎は店を立て直すべく奮闘するが……妻と心を通わせ商家を再興する物語。

旗本家次男の角次郎は縁あって米屋に入り婿した。米不作の中で仕入れを行うべく、水運盛んな関宿城下へ向かった角次郎だが、藩米横流しの濡れ衣で投獄されてしまう……妻と心を重ね、米屋を繁盛させる物語。

旗本家次男の角次郎は縁あって米屋に入り婿した。関宿藩の藩米横流し事件解決に助太刀した角次郎に、関宿藩勘定奉行配下の朽木弁之助から極秘の依頼が持ちこまれる……妻と心を重ね、米屋を繁盛させていく物語。

旗本家次男の角次郎は縁あって米屋の大黒屋に入り婿した。関宿藩の御用達となり商いが軌道に乗り始めた矢先、舅・善兵衛が人殺しの濡れ衣で捕まり……妻と心を重ね、家族みんなで米屋を繁盛させていく物語。

旗本家次男の角次郎は縁あって米屋の大黒屋に入り婿した。米の値段が下がる中、仕入れた米を売るために、角次郎は新米を江戸に運ぶ速さを競う新米番船に参加する。妻と心を重ね米屋を繁盛させていく物語。

角川文庫ベストセラー

入り婿侍商い帖 関宿御用達（三）
千野隆司

旗本家次男の角次郎は縁あって米屋の大黒屋に婿入りした。ある日、本所深川一帯で大火事が起こり、大黒屋の店舗も焼失してしまう。大黒屋復活のため角次郎は動き出す。妻と心を重ね米屋を繁盛させていく物語。

入り婿侍商い帖 出仕秘命（一）
千野隆司

旗本家次男の角次郎は縁あって米屋の大黒屋に婿入りした。ある日、実家の五月女家を継いでいた兄が不審死を遂げる。御家存続と兄の死の謎解明のため、角次郎は実家に戻って家を継ぎ、武士となるが……。

入り婿侍商い帖 出仕秘命（二）
千野隆司

旗本家次男だった角次郎は縁あって商家に入り婿した。だが実家を継いでいた兄が不審死を遂げ、角次郎は実家に戻り勘定方となる。兄の死に勘定奉行の大久保と田安家が絡んでいることを突き止めた角次郎は……。

入り婿侍商い帖 出仕秘命（三）
千野隆司

崩落した永代橋の架け替えが幕府費用で行われることになった。総工費三万五千両の大普請だが勘定奉行の大久保が工事で私腹を肥やそうとしている疑いがあることを角次郎はつかむ。不正を暴くことができるか？

入り婿侍商い帖 大目付御用（一）
千野隆司

仇討を果たし、米問屋大黒屋へ戻った角次郎は、大目付・中川より、古河藩重臣の知行地・上井岡村の重税を告発する訴状について、商人として村に潜入し、探るよう命じられる。息子とともに江戸を発つが……。

角川文庫ベストセラー

入り婿侍商い帖
外伝　青葉の季節
千野隆司

善太郎の親戚が巻き込まれた〝婿入り試合〟騒動、お転婆娘のお波津が果敢に立ち向かう祖母と孫の危機、米問屋の女主人として成長するお稲が出会った貧しい武家の姉弟……人気シリーズ、瑞々しい短編集！

新・入り婿侍商い帖
千野隆司

10月。切米の季節で、蔵前は行きかう人でにぎわっている。しかし、羽黒屋の切米が何者かによって奪われてしまった！　五月女家の家督を継いだ善太郎は、羽前屋のお稲の妊娠を知る。2人が選んだ結末は……。

新・入り婿侍商い帖
嫉妬の代償
千野隆司

善太郎の実家にさらなる災難が！　切米騒動に隠された裏側とは……また、身重のお稲と善太郎、若い2人の選んだ道は……お互いが思いやる心が描かれる、感動の新シリーズ第2弾！

新・入り婿侍商い帖
二つの祝言
千野隆司

善太郎との間に生まれたお珠を久実に見せるため、五月女家に向かっていたお稲は、何者かに襲われる。さらに、大黒屋に、大口の仕事が舞い込んでくる。善太郎はお家存続のため、事件解決に向けて奔走する！

新・入り婿侍商い帖
遠島の罠（一）
千野隆司

羽前屋に旗本吉根家の用人から、米を引き取ってほしいと依頼があった。同じ頃、角次郎は藩米の仲買問屋の寄合いで、仙波屋に声をかけられ、吉根家を紹介される。どうやら取引には裏がありそうで……。

角川文庫ベストセラー

新・入り婿侍商い帖
遠島の罠（二）
千野隆司

新・入り婿侍商い帖
遠島の罠（三）
千野隆司

新・入り婿侍商い帖
古米三千俵（一）
千野隆司

新・入り婿侍商い帖
古米三千俵（二）
千野隆司

新・入り婿侍商い帖
古米三千俵（三）
千野隆司

冤罪で遠島になってしまった、大黒屋の主・角次郎。協力関係にある羽前屋の助けを借りつつ、罪をかぶせた犯人探しに奔走する善太郎。善太郎の苦悩、そして成長に目が離せない新章第2弾！

八丈島へ流された角次郎は、流人らとともに生活の基盤を築いていく。一方江戸では、善太郎が角次郎を呼び戻すため奮闘していたが、戸締の最中に商いをしていたことが取りざたされ、さらに困難な状況に！

7月下旬。角次郎の冤罪も晴れ、大黒屋の賑わいも昔に戻っていた。今年の作柄も良く、平年並みの値で米の取引ができると、善太郎たちが喜んでいた。しかし、羽前屋を貶めようと、新たに魔の手が忍び寄る——。

蔵に残る三千俵の古米と、田を襲撃する飛蝗の群れ、大怪我を負い意識の戻らぬ銀次郎——。度重なる災難の中、仲間と刈入れ直前の稲を守るため、善太郎はある覚悟を決めて村に向かうのだが……。

新米の刈入れ時季が迫る中、仕入れ先の村を野分が襲う。その噂を聞きつけた商人の中で古米を買い占めようとする動きが出てきて善太郎たちは警戒を強める。一方、お波津と銀次郎の恋の行方は……。